XUN präsentiert:

Band 07/01

W. Berner

Nebelmond

...unter fernen Sonnen

1.
Unter fremder Sonne

Science-Fiction
Roman

Freie Redaktion XUN
Postfach 3717 – 74027 Heilbronn
Juni 2016 – 2. überarbeitete Auflage
© dieser Ausgabe bei Freie Redaktion XUN
© für den Roman bei W. Berner
Titelbild: Lothar Bauer
Titelgestaltung: Stefan Böttcher

Redaktion: Bernd Walter
www.fantastischegeschichten.de
www.freie-redaktion-xun.de
E-Mail: webmaster@fantastischegeschichten.de

Herstellung und Verlag:
BoD – Books on Demand,
22848 Norderstedt

ISBN: 978-3839-150-48-1
€ 3,90

Der hochgewachsene schlanke Mann stand nachdenklich vor den riesigen Fenstern seines Schlafzimmers und blickte hinaus in die Nacht über New York. Tausende und Abertausende von Lichtern in allen nur denkbaren Farben blinkten dort, täuschten einen falschen Tag vor, lockten mit Hundert wahren und unwahren Versprechen. Der Blick seiner stahlblauen Augen wanderte über die nächtliche Skyline. Noch immer vermisste er die markante Doppelsilhouette der Zwillingstürme des am 09.11.2001 von Terroristen zerstörten World Trade Centers. Bisher hatte es die Politik nicht vermocht, die schmerzliche Lücke im Körper der Riesenstadt, des Big Apple, zu schließen. Außer Ankündigungen und Beteuerungen war bisher tatsächlich noch nichts geschehen. Diese Untätigkeit ging dem blonden Mann mit den markanten, männlichen Gesichtszügen, gegen den Strich. Hätte man ihn damit beauftragt, dort, am Ground Zero, ein neues Gebäude, Fanal für den unbeugsamen Freiheitswillen der Amerikaner, zu errichten, THAR Buildings Inc. hätte diese Aufgabe innerhalb kürzester Zeit erledigt, und New York damit ein neues Wahrzeichen gehabt. Doch, wie so viele andere Dinge, es war ja noch nicht entschieden, wer wann was bauen sollte, durfte, würde.

Der blonde Mann seufzte. Damals, in jenem September des Jahres 2001, da schwappte eine Welle des »Wir«-Gefühls, des Miteinanders, der Solidarität nicht nur über die Bürger New Yorks hinweg. Für kurze Zeit konnte man glauben, die Menschen des Westens seien einander näher gerückt, eine neue Ära angebrochen. Doch die damalige amerikanische Regierung hatte es geschafft, die Menschen weiter auseinanderzubringen, als es jeder Terrorist vermocht hatte. Und jetzt, fast neun Jahre später, war eigentlich alles wieder so, wie es immer gewesen war, hier an den Ufern des Hudson Rivers, den Inseln wie Manhattan oder Staten Island, und am Atlantischen Ozean. War dies der Grund, warum es Zeiten gab, in denen der Mann in dem dunklen Zimmer die so genannte feine Gesellschaft nur schwer ertrug?

Auf sein Gesicht fiel nur ein schwacher Lichtschimmer, der aus den Straßenschluchten des Big Apple zu seinem Penthouse im 110. Stockwerk des Harris-Buildings empor drang.

Nachdenklichkeit spiegelte sich in seinen ebenmäßigen, schönen, wie aus Marmor gemeißelten Gesichtszügen. Und einige tiefe Falten auf der Stirn störten das sonst makellos glatte und reine Antlitz. Überhaupt wirkte die gesamte Erscheinung des Mannes sportlich durchtrainiert, ja geradezu athletisch.

Er hielt seine Arme vor der Brust verschränkt. Dass er dabei die Blüten der zart rosafarbenen Orchidee, die in der linken Brusttasche seines dunkel-violetten, tadellos geschnittenen Designer-Anzuges steckte, zerdrückte, schien ihn nicht im geringsten zu stören.

»New York...«, flüsterte er leise.

Der Big Apple - ein Stadtgigant und Menschen verschlingender Moloch!

Wie konnte man sich in einer derart hektischen und aufgewühlten Umgebung bloß wohl fühlen? Fiel es den anderen nicht auch schwer? Kaum jemand verstand es, dass er jede Möglichkeit nutzte, den Straßenschluchten und Menschen dieser Stadt zu entfliehen.

Ein weiteres Seufzen entrang sich aus dem Mund des Mannes, und es schien, als käme es aus den tiefsten Tiefen seiner Seele, dem Grunde all seiner Empfindungen, Sehnsüchte und Wünschen, emporgestiegen.

Leise öffnete sich die Tür des Schlafzimmers hinter ihm.

Der Mann bemerkte es zwar, machte jedoch keine Anstalten, sich umzudrehen und nachzuschauen.

Er schien es vorzuziehen, weiterhin hinaus in die Dunkelheit über New York City zu starren.

Warmer Lichtschein drang durch die nun geöffnete Tür in das dunkle Schlafzimmer herein. Ein Schatten tauchte in dem hell erleuchteten Rechteck auf.

»Mr. Harris, Sir?«

Die tiefe, wohltönende Bassstimme, die zu dem Schattenumriss gehörte, besaß einen drängenden Unterton. Aber auch dieser Umstand schien nicht weiter dazu angetan, den Mann am Fenster zu stören.

»Mr. Harris, Sir!«

Der Tonfall der Stimme wurde noch eine Spur drängender.

Endlich regte sich die Gestalt am anderen Zimmerende.

»Ich höre ja ...«, erwiderte sie, unwillig und knurrend.

»Was wollen Sie, Herbert?«

»Mr. Harris, Sir, es ist Zeit zu gehen. Die Party... man wird schon vermissen! Sie sollten los ... Ihr Chauffeur steht bereit.«

Der Angesprochene drehte sich zu dem großen, breitschultrigen und massiv wirkenden Mann in der Türöffnung um.

»Und wenn ich nun absolut keine Lust verspüre, dort hinzugehen?«, rief er, mit einer deutlichen Spur von Aggressivität in seiner Stimme. »Sie wissen doch genau, wie sehr ich alle Arten von gesellschaftlichen Verpflichtungen hasse. Und ganz besonders hasse ich diese Upper-Class-Parties! Das sind doch nur Ansammlungen reicher Hohlköpfe, die belangloses Blabla von sich geben und sich dabei unheimlich gebildet und erhaben vorkommen!«

Der zuvor als ›Herbert‹ angesprochene Mann stieß nun seinerseits ein verhaltenes

Seufzen aus.

»Aber Mr. Harris«, meinte er kopfschüttelnd, »Diese Diskussion haben wir doch weiß Gott schon tausend Mal geführt. Als ihr Vater, Gott hab ihn selig, verschieden ist, hinterließ er Ihnen nicht nur ein stattliches Milliardenvermögen, Sie haben auch die Leitung der THAR Holding übernommen. Und dadurch eben auch ...«

»Auch die damit verbundenen, gesellschaftlichen Verpflichtungen«, fiel ihm Harris ins Wort. »Taylor M. Harris der Dritte, Industrietycoon und Partylöwe!«

Bitterkeit schwang in der Stimme von Harris mit.

»Ich kenne ja Ihre Einstellung zu diesen Dingen«, versuchte Herbert, beruhigend auf seinen Chef einzuwirken. »Doch diese Party wird schließlich von einem Ihrer wichtigsten Geschäftspartner gegeben. THAR Industries macht jedes Jahr Milliardenumsätze mit den Firmen von Mr. Richardson. Und deswegen sollten Sie sich dort zumindest für kurze Zeit sehen lassen. Sonst sagt man Ihnen womöglich noch Desinteresse für Ihre Firma nach.«

Taylor M. Harris seufzte erneut tief auf.

»In dem Fall höchstens Desinteresse für eine Firma. Es gibt ja noch THAR Buildings, TMH-Entertainment, THAR Logistics, THAR Developement and Research Foundation, THAR-Air, THAR Railways, THAR Financial, THAR Foods, und so weiter, und so fort!«

»In der Tat, Sir. Und mit diesen Firmen erwirtschaften Sie das Geld, welches Sie in jedem Jahr für unzählige karitativ tätige Vereine und Nothilfeeinrichtungen spenden.«

Taylor M. Harris III. hob in ergebener Geste seine beiden Hände.

»Schon gut, schon gut ... Sie haben gewonnen!«, gab er sich geschlagen. »Da ist man nun ein schwer reicher Industriemanager, und dann muss man sich von seinem Butler sagen lassen, worauf es ankommt. Herbert – Sie sind ein Ungeheuer!«

»Ich weiß, Sir«, erwiderte der blonde Hüne mit einem feinen Lächeln auf seinen Lippen. »Ihr Herr Vater pflegte dergleichen des öfteren zu mir zu sagen.«

»Na gut, dann bringen Sie mir schon meinen Mantel. Ich werde gehen... wenn auch nur unter Protest!«, schimpfte Harris. Allerdings musste er selbst dabei schmunzeln.

»Und nehmen Sie zur Kenntnis, dass ich gedenke, mich gnadenlos zu betrinken!«, fügte er dann noch mit grimmig entschlossener Miene hinzu.

»Viel Erfolg dabei, und viel Vergnügen für den Tag danach«, lautete des Butlers kurze und trockene Antwort auf die ›drohende‹ Ankündigung seines Chefs.

Kurz darauf schloss sich die Tür des Penthouse hinter Harris. Aufatmend lehnte sich Herbert, der Butler, daneben gegen die Wand.

Das war wieder einmal geschafft!

Sein Boss und die Verpflichtungen der Gesellschaft – ein Verhältnis wie Feuer und Wasser. Kopfschüttelnd begab sich der Butler in die Küche, um einen kleinen Spätimbiss für seinen Chef vorzubereiten. Danach suchte er sein Zimmer auf. Er hatte vor, noch ein wenig Fern zu sehen, sich einen kühlen Drink zu genehmigen, um dann in aller Ruhe ins Bett zu gehen. Morgen wartete wieder ein langer Tag auf ihn, und er wusste aus Erfahrung, dass ein verkaterter Chef ein besonders anstrengender Chef zu sein pflegte.

Es kam, wie es Taylor M. Harris der III. im Voraus befürchtet hatte. Die vielen Menschen, die Reichen und die Schönen auf der Party, bedrückten ihn. Er kannte zwar viele von Ihnen persönlich, doch wenn es sich nicht gerade um geschäftliche Dinge handelte, wollte er in der Regel nichts mit diesen Leute zu tun haben.

Die Oberflächlichkeit der Gäste und der überwiegend nichtssagende Partytalk ödeten Ihn Abgrundtief an.

So hielt er sich meist gelangweilt irgendwo Abseits und nippte ab und zu an seinem Drink, einem viel zu süßen und noch dazu schlecht gemixten Mai Tai. Ein original Schottischer Whisky wäre ihm bedeutend lieber gewesen. Doch das konnte ihm hier nicht geboten werden. Aus irgendwelchen, kaum nachzuvollziehenden lokalpatriotischen Gründen gab es lediglich amerikanischen Bourbon. Damit konnte man Harris allerdings jagen!

Gelegentlich wechselte mit dem einen oder anderen Anwesenden der Höflichkeit halber ein paar belanglose Worte, während er in Gedanken überlegte, wie lange er wohl noch bleiben müsste, um nicht unhöflich zu erscheinen.

»Man sieht dir an, dass du dich absolut Königlich amüsierst«, erklang da plötzlich eine warme und volltönende, weibliche Stimme hinter ihm. »Etwas mehr Selbstbeherrschung in der Öffentlichkeit, mein lieber Taylor. Deine Gesichtszüge drohen zu entgleisen!«

Taylor Harris wirbelte herum und er erblickte die attraktive Erscheinung der Urheberin dieser Worte, einer 29-jährigen Frau. Feuerrotes, glänzendes Haar, das in dichten Locken bis auf die atemberaubenden, vom perfekt geschnittenen Kleid nicht verborgenen Schultern fiel, umwallte ein fröhlich lachendes, sommersprossiges Gesicht, aus dem ihm zwei intensiv grüne Augen frech zuzwinkerten.

»Sheila...!« ,rief er auf das Angenehmste überrascht aus.

Er breitete seine Arme aus, und die beiden umarmten sich zur Begrüßung.

»Sheila Armstrong – wo kommst du denn auf einmal her?«, erkundigte er sich dann bei seiner langjährigen Freundin, die er allerdings schon einige Wochen nicht mehr gesehen hatte.

»Ach du weißt ja, man sagt mir nach, dass ich das zweite Gesicht hätte«, erwiderte sie mit betont geheimnisvollem Unterton in ihrer Stimme.

»Hier dabei, oder zu Hause im Nachttisch?«, wollte Harris darauf frech grinsend von der unverkennbar Irisch stämmigen Frau wissen.

»Uff!«

Auch das kam von ihm. Diesmal als Reaktion auf den Rippenstoß, den ihm die Rothaarige versetzt hatte.

»Schuft!«, rief sie lachend. »Aber gut, dann will ich dir mal reinen Wein einschenken«, fügte sie noch hinzu.

»Ein kleines Vöglein der Gattung Herbertinum Butlerius hat mir da was zugeflüstert. Nämlich, dass es einen Ort gäbe, an dem sich Jemand, den ich persönlich gut kenne, gar entsetzlich langweilt. Und sozial eingestellt, wie ich nun mal bin, eilte ich sogleich zu dessen Errettung herbei.«

»Der immer um mein Wohl besorgte Herbert...«, schmunzelte Harris.

»Ich glaube, ich sollte endlich mal wieder sein Gehalt erhöhen.«

Etwas lauter und zu Sheila gewandt, sagte er dann:

»Damit scheinen wir den heutigen Abend ja doch noch gerettet zu haben. Hast du schon eine Idee, was wir damit anfangen?«

»Wir werden gepflegt Essen, Trinken und Tanzen gehen. Mike kennt ein fabelhaftes Restaurant. Er wartet übrigens unten vor dem Haus auf uns.«

Da ging ein fröhliches Strahlen über Taylors Gesicht.

»Mike?«, fragte er freudig überrascht nach.

»Mike Iron? Mein guter, alter Mike? Er ist auch hier? Das ist ja sagenhaft! Unsere Superclique wäre dann ja wieder einmal komplett. Das wird ja dann doch noch ein wundervoller Abend!«

Taylor M. Harris war wirklich begeistert. Mike Iron und er waren mehr als gute Freunde. Einige Jahre lang hatten sie sogar als feste Lebenspartner zusammen gelebt. Mike kam allerdings nicht gut damit zurecht, der Mann an der Seite eines Multimilliardärs zu sein. Das Leben in der Öffentlichkeit hatte ihm dabei nicht sonderlich behagt und sogar ziemlich zugesetzt. So trennten sich die Wege von ihm und Harris wieder. Doch trotz all dem verband sie nach wie vor eine innige Freundschaft. Mikes Beruf als Bodyguard brachte es allerdings mit sich, dass sich die Beiden oft Monate nicht sahen. Um so mehr freute es ihn, dass er jetzt unten vor dem Gebäude auf ihn und ihre gemeinsame Freundin wartete.

Taylor hakte sich bei Sheila ein. Anschließend schlenderten beide unauffällig in Richtung des Ausgangs. Nachdem sie sich noch einmal davon überzeugt hatten, dass niemand sie beachtete, schlüpften sie rasch durch die Tür hinaus und strebten den Aufzügen zu. In dem Trubel würde es vermutlich kaum auffallen, dass der Milliardär sich bereits von der Party verabschiedete.

Harris Mantel hing zwar noch in der Garderobe, aber es war zum einen nicht kalt draußen, und zum anderen konnte er am nächsten Morgen einen seiner vielen Angestellten vorbeischicken, um ihn abzuholen zu lassen.

Unten vor dem Haus trafen die zwei auf Mike Iron, der schon ungeduldig auf sie wartete.

Mike, dem man seinen Beruf eines Bodyguards ansah, von großer, bulliger und breitschultriger Erscheinung, begrüßte Taylors herzlich und mit einer ausgiebigen Umarmung.

»Es ist wunderbar, dass du auch dabei bist, Mike!«, rief Taylor über das ganze Gesicht strahlend aus. »Wir haben uns ja viel zu lange nicht mehr gesehen!«

»Ich freue mich auch, dich zu sehen, Taylor«, erwiderte der attraktiv aussehende Mann und grinste den Freund aus seinem schwarzen Vollbart heraus an.

»Es ist wirklich zu lange her, seit wir das letzte Mal ein wenig Zeit miteinander verbracht haben! Darum habe ich auch sofort ›Ja‹ gesagt, als die liebe Sheila mich anrief und mir vorschlug, dich von dieser langweiligen Party zu entführen. Zum Glück hatte ich auch die Zeit dazu, denn mein letztes Engagement ist gerade zu Ende gegangen, und ich konnte noch keinen neuen Job an Land ziehen.«

»Es freut mich wirklich wahnsinnig, Mike«, sagte Taylor zu seinem Freund.

»Wohin wollt ihr mich denn nun entführen?«, erkundigte er sich sodann. »Sheila hat da zwar bereits so ein paar Andeutungen gemacht, aber die Katze noch nicht so richtig aus dem Sack gelassen.«

Taylor strich sich mit seiner linken Hand über die kurz geschnittenen, dunkelblonden Haare und schaute dabei seinen Freund erwartungsvoll an.

Dieser grinste geheimnisvoll, was durch seinen kurz getrimmten, gepflegten, schwarzen Vollbart besonders gut zur Geltung kam. Er deutete mit dem Daumen seiner rechten Hand nach hinten über die Schulter.

»Da hinten, nur ein paar Häuserblocks weiter, gibt es ein urig-gemütliches Lokal. Es heißt »The Smugglers Cave«, und ist absolut originell eingerichtet. So mit Schatztruhen, Fischernetzen, Wrackteilen. Die Räume selbst hat man wie richtige kleine Höhlen gestaltet. Das Essen dort ist einfach, aber Spitze! Zudem spielen die da immer recht gute Musik, und zwar mit verschiedenen Live-Bands. Nicht zu leise, aber auch nicht zu laut, so dass man sich beim reden anschreien müsste.«

Taylor nickte anerkennend.

»Von dem Lokal habe ich zwar noch nie etwas gehört, doch es hört sich ja wirklich gut an. Deine Schilderungen haben mich neugierig gemacht!«

Harris war tatsächlich sehr gespannt auf die Empfehlung seiner Freunde.

»Worauf warten wir dann noch?«, sagte Sheila auffordernd zu den beiden Männern. »Lasst uns endlich losgehen. Ich komme schon fast um vor Hunger, denn heute hatte ich noch nichts richtiges zum Essen gehabt. Nur einen kleinen Salat am Mittag.«

»Also, bevor du hier noch auf der Straße verhungerst, gehen wir lieber los«, meinte Harris lachend.

Er und Mike hakten sich links und rechts bei Sheila ein. Gut gelaunt, und sich dabei angeregt unterhaltend, marschierten die drei Freunde in Richtung von »The Smugglers Cave« los.

Sie waren nur einige Straßenzüge weit gekommen, als Sheila plötzlich wie angewurzelt stehen blieb

Mike, der gerade die Speisekarte des anvisierten Lokals in den höchsten Tönen lobte, und Taylor reagierten nicht sofort. So machten die beiden noch einen Schritt weiter und zogen so die gemeinsame Freundin ein Stückchen mit sich mit.

»He Sheila, was ist? Warum gehst du denn nicht weiter?«, rief Taylor ihr fragend zu.

»Pst!«

Das gezischte Wort war die einzige Antwort, welche die beiden Männer von der schlanken Frau zu hören bekamen. Taylor und Mike sahen sich daraufhin erstaunt an.

»Was ist denn bloß auf einmal mit dir los?«

Mike warf ihr einen mehr als fragenden Blick zu. Taylor Harris musterte seine langjährige Freundin aufmerksam. Ihm entging nicht, dass sie in höchster Konzentration auf irgendetwas zu lauschen schien. Die drei New Yorker verharrten einige Momente in völliger Stille.

Schließlich zuckte Sheila mit ihren Schultern und ihr Gesichtsausdruck entspannte sich wieder.

»Nichts ...«, meinte sie dann nur lapidar.

»Was - Nichts?«

Der blonde Milliardär schüttelte nur verständnislos seinen Kopf. »Könntest du dich nicht ein bisschen genauer ausdrücken, meine Gute?«

»Ich dachte, ich hätte jemanden um Hilfe rufen hören«, erwiderte die rothaarige Frau ernst. »Aber anscheinend habe ich mich getäuscht - es hat sich nicht wiederholt.«

»Also, wenn da nichts ist, könnten wir dann eventuell weiter gehen?«, meinte Harris schließlich. »So langsam knurrt mir nämlich auch der Magen! Auf der Party gab es nichts gescheites zu essen. Nur so Schicki-Micki-Zeugs.«

Sheila und Mike nickten zustimmend, dann setzten sich alle Drei sich wieder in Richtung des Restaurants in Bewegung.

Sie waren noch keine vier Meter weit gegangen, als sie es dieses Mal alle hörten: In nicht all zu weiter Entfernung rief jemand in höchster Not um Hilfe!

»Das muss dort drüben aus der Seitenstraße gekommen sein!«, rief Taylor Harris alarmiert aus. Dabei zeigte er mit ausgestrecktem Arm auf eine dunkle Abzweigung auf der anderen Seite der breiten Hauptstraße.

»Los Leute, lasst uns sehen, was da vor sich geht!«, rief Mike den beiden Freunden zu, während er sich selbst schon in Bewegung setzte.

Die drei überquerten rasch die zu dieser Tageszeit wenig frequentierte Fahrbahn, um bald darauf in die schmale, nur spärlich beleuchtete Seitenstraße hinein zu laufen, die zu diversen Hintereingängen von den Häuserblocks rechts und links davon führte. Hier dominierten nicht die Lichter und der Glanz der Großstadt, hier lag das Reich der Müllcontainer und Schmuddelecken. Es lagen große Mengen Unrat auf dem Boden verstreut herum, Papierreste, alte Kartons, leere Getränkedosen und sonstiger Abfall. Hier und da schimmerte eine ölige Pfütze. Trübe Lampen über den wenigen Hintereingängen von diversen Gebäuden spendeten kaum brauchbares Licht.

In einigen Metern Entfernung von den drei New Yorkern herrschte ein wildes Gerangel. Zwei Männer in dunkler Lederkleidung stand vornübergebeugt an einem der Hauseingänge. Beide schlugen mit nicht genau erkennbaren Gegenständen auf eine am Boden liegende Gestalt ein, bei der es sich um einen weiteren Mann zu handeln schien. Er lag dort in zusammengekrümmter Haltung und gab ein schauerliches Wimmern und Jammern von sich.

»Aufhören! Sofort damit aufhören! Lasst den Mann in Ruhe!«

Zornig hallte Taylor Harris Aufschrei durch die schmale Seitenstraße.

Noch im Laufen griff sich der schlanke und durchtrainierte Geschäftsmann einen Holzprügel, der gegen eine Hauswand lehnte, und warf ihn Sheila zu.

Die beiden finsteren Schläger schreckten auf und wirbelten herum. Jetzt konnte man erkennen, dass beide mit Baseballschlägern bewaffnet waren, die sie nun drohend gegen Taylor und Mike erhoben.

Mit einem Urschrei setzte Taylor Harris zu einem Kampfsprung an. Mit angewinkelten Armen und weit vorgestrecktem, rechten Bein schoss er auf einen der Angreifer zu. Mit voller Gewalt traf er das Handgelenk seines völlig überraschten Gegners.

Ein schmerzerfüllter Schrei hallte durch die Nacht und der Baseballschlägers des finsteren Typen wirbelte wie ein Propeller durch die Luft davon.

Harris, der wie eine Katze auf Finger- und Zehenspitzen landete, rappelte sich sofort wieder auf, um das Überraschungsmoment weiter für sich auszunutzen.

Wieder einmal kam ihm zu Gute, das er sich durch verschiedene asiatische Kampfsportarten körperlich fit hielt und schon mehrere schwarze Gürtel errungen hatte.

Während er seinen Gegner heftig attackierte, hatte sich Mike Iron auf den zweiten Angreifer gestürzt. Durch seinen Beruf als Bodyguard befand er sich ebenfalls ständig im Training und war vor allem auch im Nahkampf trainiert. Er deckte den Gegner vor ihm mit einer Reihe von heftigen und gezielten Faustschlägen ein.

Allerdings setzte sich der bullige Typ, ein richtiger Schläger mit unsympathischen Narbengesicht, auch recht heftig zur Wehr.

»Mistkerl«, rief Mike keuchend, während er mit seinem Gegner rang. »Dir werde ich es zeigen. Alte Männer zusammenschlagen. Das machst du nicht nochmal!«

Er setzte zu einer neuen Reihe von starken und schnellen Schlägen an, die dem Angreifer förmlich die Luft aus seinen Lungen trieb.

Es gelang ihm den Baseballschläger aus den Händen des miesen Kerls zu winden. In hohem Bogen warf Mike diesen hinter sich, verbesserte so seine Position. Dann bereitete er sich darauf vor, den Schläger vollends Schachmatt zu setzen.

Unterdessen kümmerte sich Sheila Armstrong um den am Boden kauernden Mann. Seine Verwundungen schienen ziemlich schwer zu sein. Er blutete aus vielen kleinen und größeren Platzwunden, aus seinem linken Ohr und auch aus seinem Mundwinkel rann ein dünner, roter Strom von dunkelrotem Blut hervor.

Sein Atem ging schwer. Ein Röcheln und Pfeifen begleitete jedes Luft holen, was die junge Frau mit größter Besorgnis zur Kenntnis nahm. Sheila, die in ihrer Freizeit oft freiwilligen Sanitätsdienst bei verschiedenen Hilfsorganisationen verrichtete, hegte die schlimmsten Befürchtungen. Für den Alten sah es wirklich nicht gut aus, das war Sheila schon nach wenigen Augenblicken klar.

Sie musterte den Mann besorgt, während sie ihm ihre Jacke unter den Kopf schob, und mit ihrem Taschentuch einige der blutenden Stellen an seinem Kopf und in seinem Gesicht vorsichtig abtupfte. Vom Aussehen her musste es sich um einen Asiaten handeln, vielleicht ein Chinese. Die gab es in New York ja in großer Anzahl. Der Mann war schon alt. Sheila schätzte, dass er mindestens um die 70 Lenze zählte, was die Tat der beiden Schläger in ihren Augen noch verwerflicher erscheinen lies.

»Kann ich Ihnen helfen?«, fragte sie den Mann etwas hilflos. »Haben Sie Schmerzen?«

Sie musste über sich selbst den Kopf schütteln. »Meine Güte, was fasele ich denn da?«, murmelte sie leise vor sich hin. »Es wäre ein Wunder, wenn er keine

Schmerzen hätte!«

Der alte Asiate wandte sich ihr zu und blickte sie aus weit aufgerissenen, trüben Augen an. Dann gab er einige kaum verständliche Worte von sich. Er tat dies in einer Sprache, die Sheila unbekannt war. Es gab lediglich einige wenige Wortfetzen, von denen sie meinte, sie verstanden zu haben.

Seine rechte Hand hob sich zitternd. Mit großer Kraftanstrengung nestelte er damit ein vergilbtes Stück Papier aus seiner zerrissenen und blutverschmierten Jacke hervor. Mit einem flehenden Ausdruck in seinen Augen überreichte er es an Sheila. Dazu stammelte er nochmals einige Worte hervor. Sheila lauschte angestrengt und versuchte, das Gehörte auf alle Fälle im Gedächtnis zu behalten.

Plötzlich hustete der Mann heftig. Dann schüttelte es ihn in heftigen Krämpfen. Schließlich sank sein Kopf zurück und seiner Brust entrang sich noch ein letzter, tiefer Seufzer.

Die Pupillen des Alten wurden starr, der geschundene Körper sank kraftlos zur Seite.

Er war tot!

Erschüttert schloss Sheila für einen Moment ihre Augen.

Taylor und Mike, die es in der Zwischenzeit geschafft hatten, ihre Gegner zu überwältigen und zu handlichen Paketen zu verschnüren, waren neben Sie und den alten Mann getreten. Betroffen betrachteten sie das Bild, welches sich ihnen darbot.

»Zu spät ...«, murmelte Sheila leise vor sich hin.

Mit einer Hand schloss sie dann sanft die Augenlider des Toten. Einige Tränen drängten aus ihren Augenwinkeln hervor und liefen langsam, eine feuchte Spur hinterlassend, ihre Wangen hinab.

Langsam erhob sie sich wieder und sah erst Mike, dann den Milliardär an.

»Ach Taylor, warum gibt es immer nur diese sinnlose Gewalt auf der Welt?«

Trauer, Verzweiflung, aber auch hilflose Wut standen ihr ins Gesicht geschrieben.

Taylor nahm sie daraufhin sanft in seine Arme und streichelte ihr beruhigend über ihr weiches, duftendes Haar.

»Darauf kann ich dir auch keine Antwort geben, Sheila«, erwiderte er leise. »Vermutlich wird man nie eine Antwort darauf finden, warum Menschen so handeln können. Ob das jemals anders sein wird ... man kann es nur hoffen. Doch über all die Jahrtausende, seit es unsere Rasse auf diesem Planeten gibt, scheinen wir nichts dazu gelernt zu haben. Intelligenz kommt wohl immer mit Dummheit im Duett daher!«

Er schaute ihr ins Gesicht und wischte dabei mit einer Hand ihre Tränen beiseite.

»Lass uns jetzt die Polizei verständigen, damit wir dies alles hier hinter uns bringen können. Wenn dann alles erledigt ist, gehen wir zu mir ins Penthouse und genehmigen uns einen handfesten Drink. Ich glaube kaum, dass jetzt einem von uns noch zum Essen zumute ist.«

Mit diesen Worten holte er sein Smartphone aus der Innentasche seines Jacketts, um über die Notrufnummer 911 die Polizei zu verständigen. Rasch schilderte er am Telefon das Vorgefallene. Danach wandte er sich wieder seinen beiden Freunden zu.

»Na, alles klar? Seid ihr OK?«, fragte er die beiden.

Mike nickte nur flüchtig und mit verbissenem Gesichtsausdruck.

»Ich bin so weit OK, Taylor«, sagte Sheila leise.

Bei dieser kurzen Antwort brachte sie sogar schon wieder ein zaghaftes, zuversichtliches Lächeln zustande. »Der arme alte Mann ...«, fügte sie dann noch bedauernd hinzu.

Dann warteten die drei Freunde schweigend auf das Eintreffen der Polizei.

***

Etwa zwei Stunden später saßen Sie in den ledernen Polstern der riesigen, gemütlichen Sitzgruppe des großen Wohnraumes von Harris Penthouse beieinander. Alle drei hielten Gläser in ihren Händen, in welchen honigfarben der Whiskey schimmerte, ein 30 Jahre alter Glen Grant aus Schottland. Ab und zu knackten Eiswürfel, die in der aromatisch duftenden Flüssigkeit schwammen. Es herrschte eine sonderbare, melancholische Atmosphäre. Jeder der drei New Yorker schien dabei seinen eigenen Gedanken nachzuhängen. Tiefes, gemeinschaftliches Schweigen lag über allem. Mike Iron war es, der diese nachdenkliche Stille schließlich durchbrach.

»Sag mal, Sheila ...«, begann er zögerlich zu sprechen.

»Hat den der Alte gar nichts mehr gesagt? Irgendetwas wenigstens? Warum ihn zum Beispiel die beiden Typen überfallen haben?«

»Aber Mike«, sagte Taylor mit sanftem Tadel in der Stimme.

»Wir wissen doch schon von der Polizei, dass ihn die beiden nur wegen Geldes überfallen haben. Ganz gewöhnliche Straßenräuber eben!«

»Ach ja – stimmt ja. Sorry, hatte ich vergessen«, meinte Mike entschuldigend.

»Aber ich wüsste trotzdem gerne ob der Alte noch was von sich gegeben hat!«

Erwartungsvoll blickte er die Freundin an.

Mit stockender Stimme berichtete Sheila nun über die kaum verständlichen Worte, die der alte Asiate ihr sterbend zugemurmelt hatte, und von denen sie nicht sicher war, ob sie auch tatsächlich verstand, was ihr da an die Ohren drang,

»Ach ja, er gab mir auch noch etwas ...«, fiel ihr dann ein.

Sie erhob sich kurz, um aus der Garderobe ihre Handtasche zu holen. Nachdem sie wieder Platz genommen hatte, förderte sie daraus das vergilbte Pergament zu Tage.

»Hier – dieses Stück Papier hat er mir zugesteckt.«

Sie legte es auf den niedrigen Couchtisch ab.

»Dann hat er nochmals einige Worte gemurmelt. Kurz darauf ist er gestorben ...«

Sheila verstummte und nahm schnell einen kräftigen Schluck von dem Whiskey aus ihrem Glas.

Taylor M. Harris griff unterdessen nach dem Papier.

»Na, dann lasst uns mal sehen, was wir da haben.«

Vorsichtig, um es nicht zu beschädigen, faltete er das pergamentähnliche Material auseinander. Die neugierigen Blicke aller Anwesenden richteten sich darauf.

Die eine Hälfte des Blattes war dicht mit zum größten Teil unbekannten oder unleserlichen Schriftzeichen bedeckt, während man auf der anderen verwirrend aussehende Symbole und Linien entdecken konnte.

Harris hob seinen Kopf und schaute sich für einen Moment suchend auf dem Couchtisch um, bis er gefunden hatte, was er benötigte: eine Fernbedienung. Schnell ergriff er das schmale, handlange Gerät. Mit einem leichten Fingerdruck auf eine der Reglertasten ließ er die Beleuchtung des Wohnraumes heller werden. Nun konnte man auch die Schriftzeichen und Symbole auf dem Pergament in seiner Hand besser erkennen.

»Da soll mich doch ...«, entfuhr es ihm gleich darauf. »Wenn das nicht eine uralte Karte ist!«

»Zeig mal her«, forderte ihn Mike auf, nun auch neugierig geworden.

Er rutschte dichter an seinen Freund heran und musterte das Pergament in dessen Händen.

»Du hast wahrscheinlich recht, alter Industriekönig«, meinte er dann zustimmend.

»Das könnte tatsächlich so etwas wie eine Art Karte sein.«

Mike Iron unterzog die Linien und Symbole einer genaueren Betrachtung. Konzentriert versuchte er, irgend einen Sinn, etwas Bekanntes darin zu entdecken.

»Wenn ich noch nicht ganz verkalkt bin, und wenn mich meine brennenden Augen nicht täuschen, dann sieht es ganz so aus, als wäre auf dem Teil vor uns eine Art Gebirge dargestellt, mit so etwas wie einem Tal darin«, sagte er nach einige Sekunden mit dem Brustton der Überzeugung.

Taylor Harris ließ seine Hände, mit denen er bis jetzt das Pergament hoch gehalten hatte, langsam nach unten sinken. Dabei schaute er abwechselnd von Mike zu Sheila und wieder zurück. In seinen Augen konnten die beiden Freunde urplötzlich ein aufgeregt-intensives Funkeln erkennen. Die Beiden kannten dieses spezielle

Glitzern, denn sie hatten es bereits einige Male bei dem smarten Unternehmer erlebt. Es trat immer dann bei ihm auf, wenn Taylor M. Harris III. ein neues Abenteuer ›roch‹.

»Sheila – dieser alte Asiate ... du erwähntest doch noch irgendetwas von ein paar Worten oder Sätzen, die er gemurmelt haben soll, richtig?«, fragte er mit forschendem Unterton in der Stimmen die rothaarige Event-Managerin.

»Kannst du dich vielleicht noch genau daran erinnern?«

Die rothaarige Frau nickte langsam.

»Ja ... er hat etwas gesagt ...«, antwortete sie zögernd. »Allerdings gebe ich keine Garantie dafür ab, dass alles auch Wort für Wort so stimmt.«

»Denk nach, Mädchen, denk nach! Es könnte wirklich wichtig sein!«

Sheila Armstrong zog ihre Stirn in Falten und man sah ihr an, dass sie angestrengt nachdachte.

»Nuuuun ...«, begann sie dann gedehnt, »Wenn ich mich richtig erinnere, erwähnte er irgendwas von ›Behüte das große Geheimnis‹ und ›Niemals danach suchen‹. Außerdem erwähnte er eine ›Gefahr im Nebel, in dem etwas Unbegreifliches verborgen sein soll‹.«

»Und dann?« In Harris‹ Stimme schwang deutliche Erregung mit.

»Dann ist er leider gestorben«, meinte Sheila mit bedauerndem Schulterzucken. »Ich kann mir auf die paar Brocken jedoch keinen richtigen Reim drauf machen. Aber da war noch etwas, was mich persönlich tief beeindruckt hatte: die Aura! Der Alte strahlte eine Aura auf mich aus, die mir eine Gänsehaut über den Rücken laufen ließ. Ich konnte das ›Geheimnis‹, von dem er sprach, richtiggehend *fühlen*.«

»Sensationell!« Taylors Stimme zitterte ein wenig vor Aufregung.

»Ich muss unbedingt herausfinden, was hinter dieser ganzen Sache steckt. Ein Geheimnis ist da, um gelüftet zu werden. Und ich werde es lüften, da bin ich mir sicher!«

Er blickte seine Freunde der Reihe nach an.

»Dabei könnte ich noch ein paar verlässliche Partner brauchen, die mir helfen, der mysteriösen Geschichte auf die Spur zu kommen. Wie steht's – habt ihr Lust...?«

Mike Iron zögerte keine Sekunde. Bei derartigen Aktionen lachte auch sein Herz.

»Natürlich bin ich dabei, welch eine Frage!«, rief er begeistert aus.

Und auch Sheila nickte zustimmend, wenn auch nach anfänglichem Zögern. Ihr gingen noch die merkwürdigen, warnenden Worte des sterbenden Alten durch den Kopf.

»Ich werde auch mitkommen, völlig egal, wo es uns letztendlich hinführen wird. Die ganze Sache ist viel zu aufregend, um ›Nein‹ zu sagen. Außerdem kann man euch beiden Männer nicht alleine auf die Geschichte loslassen. Jemand muss schließlich auf euch aufpassen.«

Taylor M. Harris III. nickte zufrieden. Er hatte keine anderen Entscheidungen erwartet, denn dafür kannte er seine Freunde schon viel zu lange und zu gut. Zudem hatte Mike im Moment sowieso keinen neuen Auftrag. Und zu arrangieren, dass Sheila von ihrem Arbeitgeber beurlaubt wurde, sollte für den Präsidenten und Eigentümer der THAR Holding kein Problem sein.

»Also sind wir uns ja einig«, stellte er deshalb mit Genugtuung fest. »Wir treffen uns am besten hier in zwei Tagen wieder. Dann haben wir Wochenende und Zeit genug, um unser weiteres Vorgehen zu besprechen. Ich habe so ein Gefühl, als das da ein wirklich außergewöhnliches Abenteuer auf uns wartet!«

Seine Wangen glühten geradezu, und die Begeisterung für das Kommende stand ihm deutlich ins Gesicht geschrieben. Sheila und Mike ließen sich gern davon anstecken. So saßen sie noch stundenlang beieinander, berieten, diskutierten und beratschlagten.

Taylor und seine Freunde konnten in diesem Moment noch nicht ahnen, *wie* außergewöhnlich das bevorstehende Abenteuer tatsächlich werden sollte ...

***

»Verdammt!«

Krachend ließ Taylor M. Harris III. seine Faust auf die schwere, blütenweiße Carrara-Marmorplatte seines Büroschreibtisches fallen.

»Verdammt!«, wiederholte der Chef der THAR-Holding noch einmal im Brustton tiefster Frustration.

Er schaute seine beiden Freunde an, die vor ihm in bequemen, weißen Ledersesseln saßen. Die Enttäuschung stand ihm dabei deutlich ins Gesicht geschrieben. Sheila Armstrong und Mike Iron empfanden kaum anders. Die schlechte Stimmung hatte ihren Ursprung in dem rechteckigen Stück alten Pergamentes, das vor ihnen auf der Tischplatte lag. Es handelte sich um jene geheimnisvolle Karte, die ihnen der sterbende Asiate nach dem brutalen Raubüberfall in den Straßen von New York anvertraut hatte.

Seit Tagen versuchten sie nun schon, die unbekannten Symbole und Schriftzeichen dieser Karte soweit zu entziffern, dass etwas damit anzufangen war. Ein riesiger Stapel von Fach- und Wörterbüchern verschiedenster, vornehmlich asiatischer Sprachen lag dazu rechts und links des Pergaments bereit. Aber sie kamen einfach nicht voran. Das einzige, was sie bisher mit relativer Sicherheit entschlüsseln konnten, war der Hinweis auf ein in den Bergen des Himalaja verborgenes Tal, angefüllt mit einem unwirklichen, ewigen Nebel. Und dann war da noch die Rede von einer nicht näher bestimmbaren Gefahr, welche in der Unendlichkeit lauerte. Diese Gefahr bedrohe jeden, der es wagen sollte, das Tal des Nebels zu betreten. Mike Iron kraulte sich nachdenklich den pechschwarzen Vollbart. Mit missmutigem Blick musterte er dabei den Berg von Büchern und Schriften, die sie seit etlichen Stunden wälzten und studierten.

»Es ist fast unglaublich, dass wir in all diesen Fachbüchern nichts gefunden haben, was uns bei der vollständigen Entschlüsselung der Kartensymbole hätte helfen können!«

»Wir werden wohl doch noch einen Fachmann aufsuchen müssen«, meinte Sheila Armstrong mit müder, erschöpft klingender Stimme, und schickte ein herzhaftes Gähnen hinterher. Wie die beiden Männer hatte sie in den letzten Tagen kaum Schlaf bekommen. Sie alle drei hatten Stunde um Stunde an der Entschlüsselung der geheimnisvollen Karte gearbeitet.

Taylor schüttelte als Reaktion auf den Vorschlag der rothaarigen jungen Frau heftig seinen Kopf.

»Das können wir vergessen«, gab er in ablehnendem Ton von sich. »Wenn ich mich mit so einer Karte an irgendein Institut wende, dann pfeifen in wenigen Stunden sämtliche Boulevardblätter vom Dach, dass der »Herrscher der THAR-Holding« wieder einmal eine seiner Extratouren plant. Nein, es sollen so wenig wie möglich von der Geschichte erfahren!«

»Aber Sheila hat im Prinzip recht. Ohne einen Experten können wir die Expedition gleich abschreiben«, gab Mike zu bedenken. »Das Himalaja-Gebiet ist riesengroß. Wir könnten Monate, ach was sag ich, Jahre umsonst suchen, wenn wir nicht wissen, wo wir anfangen sollen mit unserer Suche«.

»Dazu brauchen wir einen verschwiegenen Experten. Woher nehmen und nicht stehlen?«.

Taylor Harris hatte damit begonnen, nachdenklich hinter seinem Schreibtisch auf- und abzugehen. Die beiden Freunde beobachteten ihn dabei schweigend.

»Sheila!«

Der Ruf des Milliardärs kam so unvermittelt, dass Sie und Mike heftig zusammenzuckten.

»Mein Gott Taylor!«, beschwerte sich Sheila bei ihrem langjährigen Freund. »Musst du uns so erschrecken?«

»Entschuldige, das lag nicht in meiner Absicht!«, antwortete dieser. »Aber mir ist da gerade etwas eingefallen. Du hattest doch einmal einen Freund, der Professor am hiesigen Naturkundemuseum ist?«

»Ja«, bestätigte die New Yorkerin etwas einsilbig.

Man konnte ihr ansehen, dass sie nicht recht wusste, was Taylor Harris mit seiner Frage bezweckte.

»Aber das ist schon ein paar Jahre her«, fügte sie sicherheitshalber noch erklärend hinzu.

»Ist der Typ nicht ein selbst ernannter Asienexperte?«

»Stimmt, das ist er immer noch. Du konntest ihn fragen, was du wolltest, er gab dir immer eine Antwort. Ahhh, jetzt fällt der Groschen bei mir: ich soll ihn kontaktieren!«

»Du hast es erfasst, teure Freundin!«, bestätigte Taylor ihre Vermutung.

»Steven hat mich bestimmt schon vergessen«, entgegnete Sheila und machte ein mehr als skeptisches Gesicht zu dem Vorschlag.

Doch Taylor Harris schenkte ihr sein breitestes Lächeln.

»Du stellst dein Licht mal wieder ganz gewaltig unter den Scheffel. So schnell vergisst man eine Sheila Armstrong nicht! Du hinterlässt doch bei jedem Mann einen unauslöschbaren Eindruck.«

»Oh je, da schleimt aber einer, um sein Ziel zu erreichen«, rief Sheila und verdrehte ihre Augen dazu. »Allerdings sehe ich im Moment auch keine andere Möglichkeit, um mit unseren Recherchen weiter zu kommen.«

»Wie lange wirst du brauchen, bis du bei dem Professor etwas erreichst?«, erkundigte Mike sich bei der Freundin.

»Gib mir eine Woche, dann sehen wir weiter«, erwiderte diese.

Taylor Harris nickte zufrieden.

»Gut, dann treffen wir uns in einer Woche wieder hier. Ich bin jetzt schon neugierig darauf, was Sheila uns dann zu berichten hat.«

******

Die beiden Männer fieberten dem neuerlichen Treffen in gespannter Erwartung entgegen. Sie alle hofften, dass Sheila von ihrem Ex-Freund den entscheidenden Hinweis bekam, den sie bisher vergeblich alleine in all den Unterlagen zu finden versucht hatten.

Endlich war der Tag gekommen, und die drei Freunde machten es sich wieder einmal im riesigen Wohnzimmer von Taylors Penthouse gemütlich.

»Nun?«, fragte Mike Iron die rothaarige Schönheit gespannt.

Der bullige Bodyguard platzte fast vor Neugier. Seine Aufregung war so groß, dass er schon ganz unruhig in dem breiten Ledersessel, den er sich als Sitzplatz ausgesucht hatte, hin- und her rutschte.

»Ich verbrachte ein paar angenehme Tage«, begann Sheila schwärmerisch zu berichten.

Dabei zuckte es verräterisch um ihre Mundwinkel. Nur mit Mühe konnte die Frau ein Lachen unterdrücken, als sie fortfuhr zu reden.

»Steven zeigte sich hocherfreut, wieder einmal etwas von mir zu hören. Er lud mich auch gleich zu einem romantischen Candlelight-Dinner ein. Es gab eine fantastische Suppe aus frischer ...«

»Sheila - du bist eine Sadistin!«, unterbrach Taylor die Freundin mit gespielter Entrüstung in seiner Stimme. »Du weißt doch genau, was du uns berichten sollst! Es interessiert Mike und mich doch nicht im geringsten, was dieser Professor zum Abendessen auftischen lassen hat.«

»Das ist nur meine kleine Rache dafür, dass ich wieder einmal die ›Drecksarbeit‹ machen durfte, während die beiden Herren sich auf ihren Lorbeeren mit den vier Buchstaben ausgeruht haben.«

Mike hob mit einem breiten Grinsen im Gesicht in ergebener Geste beide Hände in die Höhe.

»Schuldig - in allen Punkten«, gab er zu. »Allerdings scheint mir, dass dir diese ›Drecksarbeit‹ durchaus Spaß bereitete.«

Sheila nickte heftig, und ein schwärmerischer Ausdruck trat in ihr Gesicht.

»In der Tat. Steven kann immer noch so hinreißend sein, wie damals, zu unseren gemeinsamen Zeiten!«

Taylor M. Harris unterbrach die beiden abermals, diesmal allerdings nur mit einen nachdrücklichen Räuspern. Die junge Frau, die wegen ihrer feuerroten Haarmähne die irischen Vorfahren in ihrer Abstammungslinie wirklich nicht verleugnen konnte, hob nun ihrerseits beschwichtigend die Hände.

»Schon gut, schon gut - die Karte. Ich weiß.«

»Und?«, drängelte Mike, »Was hat dein Prof dazu von sich gegeben?«.

»Nun ja, ich wollte ihm diese Sache nicht so direkt unter die Nase halten. Das hätte doch sofort den Eindruck gemacht, als wenn ich ihn nur wegen der Karte kontaktieren würde.«

»Hast du doch aber gemacht?«, feixte Mike.

Ein finsterer Blick aus Sheilas intensiv grünen Augen brachte ihn jedoch gleich wieder zum Verstummen.

»Also ...«, fuhr sie mit ihrem Bericht fort,«... nach dem Dinner habe ich den Professor, ich meine, Steven noch zu mir nach Hause eingeladen. Zu einem gemütlichen Abend vor dem prasselnden Kaminfeuer. Die Karte hatte ich dabei so auf dem Wohnzimmertisch drapiert, dass er sie unmöglich übersehen konnte. Sie ist ihm auch prompt regelrecht ins Auge gestochen. Natürlich hat er mich sofort gefragt, wo ich dieses Werk denn her bekommen hätte«, grinste Sheila über beide Backen, stolz ob ihren Geniestreiches.

»Ich erzählte ihm etwas von einem Antiquitätengeschäft, dass sie mir so gut gefallen und ich sie deshalb gekauft hätte. Allerdings könne ich aber mit den Inschriften nichts anfangen, so dass ich mittlerweile bezweifeln würde, dass diese Karte überhaupt echt wäre, und so weiter.«

»Ja - und was weiter?«, fragten Taylor und Mike fast synchron.

Die Spannung, die sie ergriffen hatte, konnte von jedem Quadratzentimeter in ihren Gesichtern abgelesen werden.

»Steven nahm die Karte in die Hand und studierte sie etliche Minuten lang. Schließlich meinte er, die Karte sei mit absoluter Sicherheit echt. Mann hätte sie jedoch in einer Art Geheimschrift abgefasst. Einige asiatische Glaubensorden verwendeten wohl in frühen Zeiten diese Art der Verschlüsselung. Und dann hat er mir übersetzt, was er entziffern konnte. All zu viel war es nicht, denn auch er kannte nicht alle Symbole dieser Geheimschrift. Ich habe versucht, mir alles zu merken, was er von sich gegeben hat. Naja, so gut, wie es ging, eben. Nach dem er gegangen war, setzte ich mich natürlich sofort hin und schrieb auf, an was ich mich noch erinnern konnte«.

»Lies schon vor, Sheila«, drängelte Taylor mit zunehmender Ungeduld. »Spann uns nicht länger auf die Folter!«

Sie nickte, kramte sodann einen Zettel aus ihrer Handtasche und entfaltete ihn. Dann begann sie laut und konzentriert ihre Notizen vorzulesen.

»Steven sagte etwas von einer Bruderschaft. Diese bezeichnete sich als ›Wächter des Tores von Anklamurie‹, was immer das auch heißen soll. Der Sitz dieses Ordens scheint Nepal gewesen zu sein. Wahrscheinlich in einem Kloster, nicht sehr weit von Katmandu entfernt. Auf jeden Fall irgendwo in den Bergen des Himalaja Dieser Orden hatte es sich, so der entzifferte Text, zur Aufgabe gemacht, den Zugang zu einem geheimnisvollen Tal zu schützen. Jenes Tal wäre an einem immer währenden, undurchdringlich dichten, weiß leuchtenden Nebel zu erkennen, der sich an keinem Tag des Jahres auflöst. Das ist, was den Text betrifft, soweit erst einmal alles. Ich habe noch ein paar vage Richtungshinweise notiert. Die bringen uns aber erst etwas, wenn wir vor Ort in Nepal sind.«

Sheila schaute von ihrem Zettel auf und sah die beiden Männer erwartungsvoll an Dort brannte wieder jenes abenteuerlustiges Funkeln in deren Augen, wie sie es schon des Öfteren an Ihnen beobachtet hatte, bevor es in ein neues Abenteuer ging.

»Wann brechen wir auf?«, fragte sie deshalb nur lapidar.

Taylor dachte kurz nach.

»Ich brauche zirka drei Tage, um die notwendigen Ausrüstungsgegenstände für uns

zusammenzustellen. Dann muss ich noch meine Kontakte nach Nepal spielen lassen, den Jet bereitstellen ... sagen wir, in vier Tagen, am Mittwoch!«
»Den Jet bereit stellen?«, fragte Mike nach.
»Ja natürlich, mein Privatjet von THAR-AIR!«, erwiderte Taylor, mit einem leicht vorwurfsvollen Unterton in der Stimme. »Was dachtest du denn?«
»Oh, Entschuldigung! Ich habe doch glatt vergessen, dass du Milliardär bist«, grinste Mike den Freund und Industrie- Tycoon an.

******

Einige Tage später befand sich der THAR-AIR Jet »ENTERPRISE« schon einige Stunden lang in der Luft. Die Route des Flugzeuges, eines Airbus 340, führte über Nairobi und Neu-Delhi nach Katmandu, der Hauptstadt von Nepal. An Bord befanden sich außer der Crew und dem Kabinenpersonal nur Taylor M. Harris III., Mike Iron und Sheila Armstrong.
In Katmandu sollten dann noch ein paar Sherpas zu den drei Abenteurern stoßen, welche den Expeditionstrupp vervollständigten. Harris hielt den Kreis der Beteiligten absichtlich klein. Je weniger von der Karte und dem geheimnisvollen Himalaja-Tal wussten, umso besser. Die Geheimhaltung war so eher garantiert. Außerdem würde bei einem Misserfolg der Expedition auch das leidige Presse-Echo ausbleiben. In New York hatte man über den Grund der Reise verlauten lassen, dass sich Taylor Harris III um verbesserte, geschäftliche Beziehungen zu dem asiatischen Königreich bemühte. THAR-INDUSTRIES INC. beabsichtige eine Expansion im asiatischen Raum und Harris wolle den Boden dafür bereiten. Da es sich bei einem solchen Vorgehen in der Wirtschaftswelt um absolut normale und gängige Praxis handelte, nahm die Öffentlichkeit erwartungsgemäß kaum Notiz davon. Die für die Expedition notwendigen Ausrüstungsteile hatte Harris derweil von einem vertrauenswürdigen Mittelsmann einkaufen und an Bord des Jets schaffen lassen. Den neutralen Frachtcontainern konnte man dabei kaum ansehen, welchen Inhalt sie tatsächlich bargen. Ein Rückschluss auf den wirklichen Zweck der Reise war für Außenstehende somit praktisch unmöglich. Der Flug nach Katmandu sollte mit den veranschlagten zwei Zwischenlandungen knapp 20 Stunden in Anspruch nehmen. Taylor, Mike und Sheila hatten zu Beginn noch einmal die Details ihrer geplanten Expedition gründlich durchgesprochen, denn man wollte natürlich nichts dem Zufall überlassen. Die Freunde beabsichtigten, dass man nach der Landung zunächst ein paar Tage in der nepalesischen Hauptstadt verbringen wollte, da es noch einige formelle Fragen zu klären und Genehmigungen einzuholen galt. Den Informationen der Karte zufolge

würde man in ein Gebiet vorstoßen müssen, das recht nahe an der Grenze zur chinesischen Autonomen Region Tibet, am Rande des Transhimalaja lag. Die nepalesischen Behörden erteilten Genehmigungen für diesen heiklen Bereich nur sehr, sehr zögerlich. Harris musste all seine guten Verbindungen spielen lassen, und einiges an Bestechungsgeldern zahlen, um überhaupt an entscheidender Stelle gehört zu werden. Wenn alles glatt über die Bühne ging , konnten sie schon in wenigen Tagen unterwegs sein. Angesichts der durchaus positiven Erfolgsaussichten nahmen die drei Freizeitforscher eine ausgiebige Mahlzeit zu sich und stießen mit einer Flasche echtem, französischen Moët et Chandon-Champagner auf den Erfolg ihrer Expedition an. Danach zog sich jeder in einen stillen Winkel der geräumigen Kabine des Airbus zurück, um für ein paar Stunden ein wenig Ruhe und Schlaf zu finden.

Bei Mike und Taylor klappte das auch recht schnell. Nur Sheila wälzte sich lange unruhig in ihrem breiten First- Class-Liegesessel herum. Schließlich gelang es aber auch ihr, einzuschlafen, und ihr waches Bewusstsein machte der Welt des Unterbewusstseins Platz.

Sie begann zu träumen. Erste, wenig greifbare Bilder tauchten aus dem Dunkel ihres unbewussten Ichs an die Oberfläche der Traumebene, blitzten kurz auf und verblassten wieder, ehe die New Yorkerin ihren Sinn erfassen konnte. Sheila fand sich übergangslos inmitten eines grandiosen Bergpanoramas wieder. Alles war in einen dichten Schneemantel gehüllt und von gleißendem Sonnenlicht geradezu überflutet. Die junge Amerikanerin irischer Abstammung drehte sich einmal um sich selbst. Dabei stellte sie fest, dass sie völlig allein war. Ihr Mund öffnete sich zu einem Ruf, doch es kam kein Laut daraus hervor, so sehr sich Sheila auch bemühte. Schließlich gab sie ihre Anstrengungen auf und setzte sich in Bewegung, ohne zu wissen, wohin sie eigentlich gehen sollte.   Urplötzlich stand ein alter Asiate vor ihr und versperrte Ihr den Weg. Er redete Beschwörend in einer unbekannten Sprache auf Sheila ein. Plötzlich erkannte sie in dem Asiaten den alten Mann wieder, der in New York von den Straßenräubern überfallen worden war, und ihr die Karte zugesteckt hatte, kurz bevor er starb. Sheila wollte jedoch nicht auf den Mann hören. Da erblickte sie hinter ihm eine Felsformation, die wie ein ausgestreckter Zeigefinger in einer ansonsten geballten Faust aussah. Dieser Felspfeiler übte eine fast magische Anziehungskraft auf die junge Frau aus. Mit einer Handbewegung wischte sie den Alten beiseite, und dieser verschwand, so schnell wie er gekommen war. Immer schneller werdend lief Sheila nun auf den Felsenfinger zu. Zuletzt rannte sie fast. Als sie die Formation endlich erreicht hatte, entdeckte sie in der Nähe eine mannshohe Öffnung im Stein. Sie trat hinein und betätigte einen Schalter, der unsichtbare Lampen aufflammen lies. Das Widersinnige in dieser Handlung kam ihr im Traum allerdings nicht sonderlich ungewöhnlich vor. Wo gab es schon Lichtschalter mitten im Hochgebirge!

Eine halbe Ewigkeit schritt sie dann durch den langen Tunnel, der sich vor ihr auftat. Ohne merklichen Übergang stand die irischstämmige New Yorkerin dann jedoch wieder im Freien. Ihr Blick erfasste einen tiefen Taleinschnitt, umgeben von mächtigen, fast senkrecht aufsteigenden Felswänden. Das Tal selbst zeigte sich in dichten, weiß leuchtenden Nebel gehüllt. Von diesem Nebel schienen plötzlich mit einem Male lange Arme auszugehen, die sich auf Sheila zubewegten. Sie bekam Angst, wollte weglaufen, doch es war ihr unmöglich, sich auch nur einen Zentimeter von der Stelle zu bewegen. Mit einem Male bemerkte sie, dass sie völlig nackt war. Ein gellender Schrei löste sich aus ihrer Kehle, als die Nebelarme sie erreichten und nach ihr griffen. Ruckartig fühlte sie sich angehoben und davon gerissen, mitten in das unwirklichste Nichts, dass sie je erlebt hatte. Die Welt verschwand, und sie fand sich im All schwebend wieder. Die nächsten Sterne schienen unendlich weit entfernt, nur winzige, kalte Lichtpunkte inmitten eines großen, schwarzen Nichts. Sie selbst hing als kleines Pünktchen im Raum, nur umgeben von grenzenloser, bedrohlich kalter Schwärze. Und Sheila schrie. Sie schrie und schrie, doch niemand war da, der sie hören, ihr zu Hilfe eilen konnte.

Ein weiteres Mal fühlte sie sich gepackt und von diesem unheimlichen Ort hinfort gerissen. Ihr schwindelte, und die Lichtpunkte in der Ferne begannen einen seltsam unwirklichen Tanz um sie herum. Und mitten unter diesen tanzenden Sternen erschien urplötzlich ein paar Augen, welches ihr auf merkwürdige Weise bekannt vorkam.

Und dann, völlig unerwartet, von einem Moment zum anderen, drang eine Stimme an ihre Ohren.

»Sheila ...«, rief sie.

Ihr Klang war warm und vertraut. Sheila fühlte sich schlagartig nicht mehr so alleine und verlassen, wie noch Sekunden zuvor.

»Sheila ...«, rief die Stimme noch einmal.

Die Vibrationen des Schalls schienen die Sterne und die Dunkelheit des Alls förmlich wegzuwischen. Alles verschwamm zu einem einheitlichen Grau. Langsam schälten sich aus diesem Grau neue Konturen und Formen heraus, doch Sheila begriff noch nicht, was es war, dass sich da vor ihr zu manifestieren begann.

»He, Sheila ... nun komm doch endlich zu dir!« Taylor Harris schaute mit besorgtem Blick auf das von roten Lockenpracht umrahmte Gesicht der Freundin herab. Endlich schien diese aufzuwachen. Sie schlug mühsam und blinzelnd ihre Augen auf. Im ersten Moment konnte ihr der

Milliardär die Verwirrung und Desorientierung richtiggehend ansehen, die seine Freundin noch in ihren Bann geschlagen hatten. Doch dann klärte sich ihr Blick und ihre Gesichtszüge entspannten sich merklich. Ein Aufatmen ging durch ihren Schweiß gebadeten Körper.

»Taylor ...?«, fragte sie mit zögernder Stimme, so, als wäre sie sich noch nicht sicher, ob sie sich tatsächlich wieder in der Realität befand. »Was ... was ist denn los?«

Sie fühlte total zerschlagen.

»Du musst einen Alptraum gehabt haben«, erklärte ihr der schlanke, blonde Mann mit noch sorgenvoll gerunzelter Stirn.

»Jedenfalls fingst du plötzlich wie wild an zu schreien. Du wolltest gar nicht mehr aufhören damit. Außerdem hast du dich in deinem Sessel hin- und her gewunden, als müsstest du dich gegen eine Horde aufdringlicher Verehrer wehren. Was war denn bloß los? Du scheinst ja wirklich was Wildes geträumt haben!« Sheila packte Taylors Hand und starrte ihn aus weit aufgerissenen Augen an, als sie sich schlagartig wieder an ihr seltsames Traumerlebnis erinnerte.

»Ich hatte wirklich einen mehr als merkwürdigen Traum! Es ging um unsere Expedition zu dem geheimnisvollen Tal. Und der alte Mann, der mir die Karte gab, der kam auch darin vor.«

»Erzähl!«

Zunächst stockend, dann jedoch mit immer flüssigeren Worten berichtete sie Taylor und Mike, der sich mittlerweile auch zu den beiden gesellt hatte, von ihrem Alptraum. Nach dem Ende ihrer kurzen Schilderung herrschte für einige Sekunden lang eine nachdenkliche Stille in der luxuriösen Flugzeugkabine. Mike kratzt sich ausgiebig am Hinterkopf und zog seine Stirn in Falten.

»Ich hoffe doch sehr, das ist kein schlechtes Omen für unsere Tour!«, murmelte er dann nachdenklich.

Taylor Harris machte eine wegwerfende Handbewegung.

»Nun mal nicht gleich den Teufel an die Wand. Träme sind Schäume, wie man so schön sagt«, versuchte er, die aufkeimende Unruhe von Mike und Sheila zu beruhigen.

Sheila Armstrong hatte Harris jedoch nicht wirklich mit seiner Argumentation überzeugt. Zu frisch und eindringlich hatte sie ihre Traumbilder noch in Erinnerung.

»Dein Wort in Gottes Ohr!«, erwiderte sie deshalb mit skeptischer Miene.

»Ihr werdet schon sehen, alles klappt wie immer, wenn wir zusammen eine Tour unternommen haben!«, versuchte der Chef der THAR-Holding, weiterhin Optimismus zu verbreiten.

Doch tatsächlich hatten ihn die eindringlichen Schilderungen der Freundin mehr verunsichert, als er zuzugeben bereit war. Zuerst die merkwürdigen Umstände, durch die sie in den Besitz der Karte von dem ominösen Tal im Himalaja kamen. Dann die Geheimschrift, die kaum ein lebender Mensch kannte. Und nun noch dieser seltsame Traum von Sheila. Da konnte man schon ins Grübeln kommen. Letztendlich riss sich der Industriekapitän jedoch zusammen. Schließlich zeichnete er sich dadurch aus, durch und durch ein Pragmatiker zu sein. Mit Vermutungen und Andeutungen hatte er nichts am Hut, er liebte die Tatsachen.

»Zufälle, alles reine Zufälle«, murmelte er vor sich hin, so leise, dass es die anderen Zwei nicht mitbekamen.

Damit versuchte er, die bei sich aufgekommenen Zweifel wieder zu verdrängen. Er und seine beiden Freunde ahnten noch nicht, wie schnell diese Zweifel und Traumbilder wieder in ihre Erinnerung gerufen werden würden.

*****

»Ichschnappe hier noch über!«

Mike Iron unterbrach seine unruhige Wanderung durch die luxuriöse Hotelsuite des Katmandu Hyatt Regency Hotels für einen Moment und warf theatralisch beide muskulösen Arme in die Höhe.

»Jetzt sitzen wir schon seit über einer Woche hier am Arsch der Welt herum, und diese nepalesischen Bürokraten rücken einfach nicht mit der letzten Genehmigung raus, die wir für unsere geplante Expedition noch benötigen!«

Er war wirklich wütend und seine dunklen Augen verschossen geradezu kleine Blitze durch die riesige Wohnlandschaft zur bequemen Rundeck-Ledercouch hinüber. Dort räkelte sich Sheila Armstrong, die sich damit beschäftigte, mit ihren Händen durch ihre prachtvollen, roten, schulterlangen Locken zu fahren, um sie aufzulockern. Die Haare glänzten noch ein wenig feucht vom erfrischenden Bad im Hotel eigenen Pool, von dem sie erst vor ein paar Minuten in die gemeinsame Suite zurückgekehrt war. Sheila hob ihren Blick und schenkte dem Freund ein nachsichtiges Lächeln.

»Aber Mikilein, wer wird denn gleich in die Luft gehen«, meinte sie Augen zwinkernd. »Geduld ist eine Tugend, besonders hier in Asien.«

»Man kann nicht behaupten, dass speziell diese Tugend eine meiner besonderen Stärken ist«, grollte der bullige, vollbärtige Mann und ließ sich mit einem herzerweichenden Seufzen in einen der breiten Ledersessel fallen.

»Mit dieser dämlichen Untätigkeit kann ich eben einfach nichts anfangen!«, setzte er dann noch mit finsterem Gesicht hinzu und verschränkte seine Arme hinter dem

Kopf.

»Untätigkeit?« Sheila Armstrong schüttelte in gespielter Verwirrtheit ihren hübschen Kopf.

»Na hör mal! Morgens schwimmst du wie ein Delfin im Pool deine Bahnen. Nach dem Frühstück trainierst du wie ein Irrer im Gym, und anschließend schwitzt du zwei, drei Runden in der Sauna oder im Dampfbad. Golf hast du auch schon gespielt, und Sightseeing gab's es ebenfalls zur Genüge. Wieso sprichst du da von Untätigkeit?«

»Ach Sheila!«, schimpfte Mike und warf lachend ein Sesselkissen nach seiner Freundin. »Du weißt doch genau was ich meine. Diese Art von Freizeitgestaltung ist zwischendurch angenehm und schön, geht mir aber in der Zwischenzeit so was von auf den Keks, das kannst du dir gar nicht vorstellen! Ich will endlich losziehen, ins Gebirge, und herausfinden, welches große Geheimnis hinter unserer Karte steckt. Wir sind schließlich nicht hierher gekommen, um Sightseeing zu machen und am Pool zu faulenzen. Mich dürstet es nach Abenteuern, ich will Action. Das verstehe ich unter richtigem Spaß!«

»Na ja, zumindest in der Nacht scheinen du und Taylor Action und Spaß zu haben«, sagte Sheila schmunzelnd und zwinkerte Mike verschwörerisch mit ihren Augen zu. »Ihr lasst wohl alte Zeiten wieder aufleben?«

Dem vollbärtigen Mann stahl sich ein Hauch von schamhafter Röte ins Gesicht und er räusperte sich einige Male laut und vernehmlich.

»Das ist nur eine weitere Art von Fitnesstraining. Ein sehr angenehmes Training, wenn ich das bemerken darf«, erklärte er anschließend grinsend. »Höre ich da etwa einen Anflug von Eifersucht aus deinen Worten heraus, meine rothaarige Schönheit?«, fragte er dann zurück und versuchte, seiner Stimme einen spöttischen Unterton zu geben.

»Neid, mein guter Mike. Das ist der pure Neid!«, gab die Tochter irischer Einwanderer ihrem langjährigen Freund, begleitet von einem tiefen Seufzer, zur Antwort

»Ich liebe euch beide, das weißt du doch ganz genau, Mike!«, fuhr sie mit leichtem Tadel fort. »Ihr seid die beiden großen Brüder, die ich nie hatte. Aber Taylor und du, ihr könnt euch Nacht für Nacht austoben, und ich sitze hier quasi auf dem Trockenen. Ich stehe nicht auf asiatische Männer, und hier im Hotel läuft kein brauch- und jagdbares Wild herum. Wie du dir denken kannst, geht mir diese Warterei auf die nötigen Papiere genau deswegen genauso auf den Geist wie dir!«

»Dann können wir ja bloß hoffen, dass Taylor heute Erfolg beim Minister haben wird!«

Sheila nickte bekümmert. Die beiden Freunde brüteten danach eine kleine Weile lang, ihren jeweils eigenen Gedanken nachhängend, vor sich hin.

»Warum du und Taylor nicht weiter als Paar zusammen geblieben seid, ist mir heute noch ein Rätsel. Ihr redet nie darüber. Findest du nicht, dass es allmählich an der Zeit ist, mir zu sagen, was da eigentlich damals ablief?« stellte Sheila dann unvermittelt eine Frage in den Raum. »Ich meine, als ihr euch entschlossen hattet, privat wieder getrennte Wege zu gehen,«

Mike sah die 29-Jährige einen Moment lang nachdenklich an, während er mit den Fingern seinen Vollbart kraulte. Dann atmete er einmal tief durch und nickte kurz.

»Es war keine leichte Entscheidung, die wir damals gemeinsam trafen«, begann er mit leiser Stimme zu erzählen.

»Wären wir ein festes Paar geblieben, hätten wir entweder den Weg der Heimlichtuerei einschlagen müssen, um dauernd Angst vor Enthüllungen irgendwelcher schleimigen Paparazzi zu haben. Oder …«, er machte eine kleine Pause.

»Oder?«

»Oder ich wäre in der Öffentlichkeit als fester Partner aufgetreten. An seiner Seite, bei gesellschaftlichen Anlässen, auf Reisen, Parties und so weiter. Promenieren und präsentieren eben. Taylor ist ein solches Leben ja von Kind auf gewöhnt. Aber ich hätte es nicht ertragen, von der Öffentlichkeit auf Schritt und Tritt beobachtet zu werden, um dann im nächsten Schmierenblatt zu lesen, dass ich mir irgendwelche Patzer und Ausrutscher erlaubt hätte. Für unsere Liebe wäre das einem Todesstoß gleich gekommen. Und so beschlossen wir, Freunde zu bleiben, ohne jede Verpflichtung und ohne jede einengende Bindung Ich habe lange gebraucht, um damit fertig zu werden, denn ich liebte Taylor von ganzem Herzen!«

Mike senkte seinen Blick, und in seine Stimme schlich sich das verräterische Vibrieren von Traurigkeit.

»Auf gewisse Weise liebe ich ihn noch immer!«, sagte er leise und hob den Kopf, um Sheila in die tiefgrünen Augen zu sehen.

»Das Härteste war aber, nicht zu wissen, was Taylor damals empfand. Du kennst ja unseren Mr. Eisengesicht. Wenn es darum geht, seinen tiefsten Gefühlen freien Lauf zu lassen, ist er schon immer ein ganz erbärmlicher Feigling gewesen.«

»Er hat gelitten wie ein Hund!«

Sheila war aufgestanden, neben Mike getreten und massierte im sanft dessen massiven, muskulösen Nacken.

»Was …?«, rief Mike überrascht aus, und sein Kopf ruckte zu seiner Freundin herum.

»Ich weiß es von Herbert, seinem Butler. Er nahm mir das Versprechen ab, es unter keinen Umständen jemand anderem zu erzählen. Taylor hatte sich Tage lang eingeschlossen, betrank sich und konnte gar nicht mehr aufhören, zu heulen.«

Mike Iron war für einen Moment sprachlos, und in seinen Augen schimmerte es feucht. Er griff nach Sheilas Hand und drückte sie so sanft, wie man es seinen kräftigen Pranken gar nicht zutraute.

»Ich danke dir Sheila«, flüsterte er. »Du ahnst gar nicht, wie viel mir das, was du mir eben anvertraut hast, bedeutet!«

»Oh doch, Mike!«, erwiderte sie, nahm seinen Kopf in ihre beiden Hände und hauchte ihm einen Kuss auf das kurz geschnittene, tiefschwarze Haar. »Glaube mir, ich weiß sehr gut, was es dir bedeutet. Auch was es Taylor bedeutet. Ich habe es doch schon erwähnt, ihr seid wie meine Brüder.«

Sheila Armstrong kam um den Sessel herum, lachte Mike fröhlich an, ergriff seinen Arm und zog ihn hoch.

»Genug gegrübelt«, rief sie und versuchte, wie eine strenge Lehrerin zu klingen.

»Lass uns lieber noch eine Runde schwimmen gehen, bevor Taylor aus Innenministerium zurückkommt. Wer als Letzter im Wasser ist, muss eine Runde ausgeben!«

Sie sprang leichtfüßig davon und Mike Iron nahm lachend die Verfolgung auf.

*****

Etwa zur gleichen Zeit saß ein ziemlich verärgerter Taylor M. Harris im Büro des nepalesischen Innenministers und hörte sich erneut Ausflüchte darüber an, warum seine Behörde es noch nicht geschafft hatte, der Expedition des amerikanischen Milliardärs die letzten Genehmigungen zu erteilen.

»Ich verstehe nicht, Herr Minister, was so schwierig daran ist, einer privaten Forschungsexkursion eine Grenzgenehmigung zu geben!«, merkte Taylor mühsam beherrscht an, als der klein gewachsene, schwarzhaarige Asiat hinter dem riesigen Schreibtisch seine langatmigen, aber absolut nichts sagenden Ausführungen beendet hatte.

Hun Rum Chandra Poudel, der nepalesische Innenminister schaute den Boss der THAR Holding irritiert an.

»Mr. Harris«, erwiderte er betont freundlich. »Ich versuchte soeben, Ihnen zu vermitteln, das Amerika zurzeit nicht hoch im Kurs bei unserer Regierung steht. Zudem verlangen sie eine Permission für eine Route, die sie bis dicht an den Rand der Grenze nach Tibet führt. Eine ausgesprochen delikate Angelegenheit! Müssen wir doch dafür Sorge tragen, dass den Empfindlichkeiten unseres großen Nachbar, der chinesischen Volksrepublik, in diesem Gebiet Rechnung getragen wird.«

Der Minister machte eine Kunstpause und musterte den Amerikaner auf dem Sessel vor seinem Schreibtisch wie ein lästiges Insekt.

»Daher kann diese Angelegenheit noch einige Tage in Anspruch …«

»Ich bin *nicht* die Regierung der Vereinigten Staaten!«, wurde er von Taylor M. Harris III ein wenig unwirsch unterbrochen. »Für unsere Administration kann ich nichts. Ich habe unseren jetzigen Präsidenten ja noch nicht einmal gewählt!«

Taylor hob den Blick und schaute dem Innenminister unverhohlen zornig in die Augen.

»Es geht um eine rein *private* Exkursion, die einzig und allein dazu bestimmt ist, den Abenteuertrieb von mir und meinen beiden Freunden zu befriedigen. Nicht mehr und nicht weniger!«

Die Stimme Harris gewann bei seinen Ausführungen mehr und mehr an Schärfe.

Das bemerkte natürlich auch Hun Run Chandra Poudel. Er zeigte dennoch sein unverbindliches Höflichkeits-Lächeln, zog aber missbilligend seine Stirn kraus.

»Mr. Harris, natürlich verstehe ich ihre Beweggründe. Aber …«.

Er wurde erneut von Taylor unterbrochen, der nun innerlich vor Zorn brodelte.

»Minister, wenn ich mich nicht irre, steht THAR Industries vor bedeutenden Investitionen in ihr Land«, warf er mit äußerlich ruhiger Stimme und in beherrschter Weise ein.

»Ja, ich weiß, Mr. Harris«, antwortete der Minister freundlich lächelnd. »Dafür sind wir auch überaus dankbar, denn ihre Bemühungen werden sicherlich Milliarden- Investitionen von anderer Seite nach sich ziehen. Seien sie versichert, dass unsere Regierung …«

»Ich werde sämtliche Investitionen sofort stoppen, das gesamte Kapital meiner Firmen aus Nepal abziehen und alle weiteren Investoren vor einem Engagement in ihrem Land warnen!«, sagte der blonde Milliardär mir gefährlich leiser Stimme.

Der Minister erbleichte schlagartig.

»Aber … Mr. Harris …«, stammelte er zutiefst erschrocken. »Sie werden einen Millionenverlust machen. Und der Imageschaden …«

»… ist für sie ungleich größer als für mich!«, bemerkte Harris scharf. »Sicher, ich verliere ein paar Millionen«, gab er zu. »Na und? Das reite ich auf einer Pobacke ab. Aber Nepal verliert mindestens einen zweistelligen Milliardenbetrag an dringend notwendigen Investitionen, und zudem seine Reputation bei allen Anlegern! Ich kann mir außerdem vorstellen, dass die international tätigen Rating-Agenturen ihr Land nach dem Rückzug der THAR Holding mit einem höheren Risiko bewerten, was eine Verteuerung der Kreditaufnahmen bedeutet.«

Harris beugte sich vor und schenkte dem Minister ein kaltes Lächeln.

»Ich frage sie: Kann sich ihr Land das leisten?«

Der Milliardär lehnte sich zurück und musterte den Minister, dem der Schweiß auf der hohen Stirn stand.

»Das … das ist eiskalte Erpressung!«, presste der Asiate wütend hervor, das stete Lächeln wie weggewischt.

»Ja, richtig«, gab Taylor kalt lächelnd unumwunden zu. »Sie haben mir ja keine andere Wahl gelassen. Normalerweise verabscheue ich solche Methoden. Aber glauben Sie mir, ich werde keine Minute zögern, meine Ankündigungen umzusetzen! Ihre Spielchen können Sie mit ihren Politiker-Kollegen treiben, aber nicht mit mir!«

Poudel, dessen Gesicht eine ungesunde, graue Farbe angenommen hatte, zog ein kleines Tuch aus seiner Anzugjacke hervor und tupfte sich mit fahrigen Bewegungen die Stirn ab. Dabei warf er Taylor M. Harris III feindselige Blicke zu.

»Was verlangen Sie?«, fragte er den Milliardär mit rauer Stimme.

»Nicht viel und nichts Unmögliches, Herr Minister: Die fehlende Genehmigung«, antwortete dieser ruhig. »Und zwar sofort! Dieses kleine, lächerliche Stück Papier sollte Ihnen eine prosperierende Zukunft für Ihr Land doch wert sein.«

Mit eisiger Miene zog der Minister einen bedruckten Bogen Papier aus einer der Schubladen seines Schreibtischs, kritzelte ein paar Sätze darauf und setzte seine Unterschrift darunter. Anschließend schob er es wortlos auf dem Schreibtisch in Taylors Richtung. Dieser erhob sich, betrachtete das Dokument einen Moment, dann nahm er es an sich und steckte es mit einem zufriedenen Lächeln auf den Lippen in eine Innentasche seines legeren, hellgrauen Sakkos.

»Zu gütig, Minister Poudel«, sagte er mit leichtem Sarkasmus in der Stimme. »Ich bedanke mich für Ihre uneingeschränkte Kooperation. Sie gestatten, dass ich mich jetzt zurückziehe? Es sind noch einige Vorbereitungen für meine Expedition zu treffen.«

Der Milliardär deutete eine leichte Verbeugung an und wandte sich dann zum Gehen. Unter der Tür hielt er noch einmal inne und wendete sich dem Minister zu.

»Ach ja, Herr Minister, ehe ich es vergesse … falls Sie auf den Gedanken kommen, dass mir und meinen Freunden unterwegs womöglich etwas zustoßen sollte …«

»Wie können Sie es wagen, mir unehrenhafte Absichten zu unterstellen!«, unterbrach ihn der Nepalese wütend.

»Unterstellen? Es liegt mir fern, Ihnen etwas zu unterstellen, Herr Minister. Aber ich weiß, wie Asiaten zuweilen reagieren, wenn sie der Meinung sind, sie hätten ihr Gesicht verloren. Ich wollte lediglich anmerken, das die THAR Holding im Besitz von Dokumenten, Fotos und Videoaufnahmen ist, die zweifelsfrei belegen, dass staatliche, nepalesische Stellen aktiv an Folter, Mord und Verschleppung von

Kritikern, vor allem aus dem Lager der kommunistischen Regimegegner, aktiv beteiligt waren und sind. Es wäre mit Sicherheit nicht im nepalesischen Interesse, dass diese Dokumente nicht nur der UNO übergeben, sondern zeitgleich auch im Internet veröffentlicht werden würden.«

Innenminister Poudel war Kreidebleich geworden.

»Das ... das ist eine Lüge!«, würgte er schließlich mit belegter Stimme hervor. »Das würden Sie niemals wagen!«

»Meine Empfehlung: Lassen Sie es nicht darauf ankommen«, antwortete Taylor M. Harris mit kalter Stimme. »Ach übrigens: das finanzielle Engagement von THAR und anderen Mitgliedern des Konsortiums wird auch davon abhängig sein, wie sich die Regierung von Nepal zukünftig zu diesen Vorwürfen stellt und in naher Zukunft verhalten wird. Wir stützen auf Dauer keine Regierung, die massiv gegen Menschenrechte verstößt. Auf Wiedersehen, Herr Minister!«

Harris wartete weitere Äußerungen des Mannes hinter dem Schreibtisch nicht mehr ab. Mit zügigem Schritt verließ er dessen Büro und stieg vor dem Regierungsgebäude in den auf ihn wartenden Firmenwagen der THAR Corporation. Mit einem zufriedenen Lächeln auf den Lippen wies er den Fahrer an, ihn ins Hotel zurück zu bringen.

»Geschafft!«, murmelte er leise vor sich hin, als der Wagen langsam anrollte und sich in das bunte Chaos des Verkehrs der nepalesischen Hauptstadt einfädelte.

»Ich habe zwar ein wenig Porzellan zerschlagen müssen, aber das Abenteuer kann beginnen. Endlich!«

*****

Die Rotoren der zwei startenden, großen Transporthubschrauber wirbelten den Schnee so heftig auf, dass sich die Expeditionsteilnehmer fühlten, als würden sie von einem Moment zum anderen von einem äußerst extrem starken Blizzard heimgesucht werden. Erst nach einigen Minuten klarte die bereits recht dünne Luft, hier auf knapp 4600 Metern Höhe über dem Meeresspiegel, wieder auf, die aufgewirbelten Schneeflocken sanken zum Boden hinab.

Taylor, Mike, Sheila und die insgesamt sieben Sherpas schauten den Helikoptern nach, die langsam immer kleiner wurden, bis sie nur noch wie etwas zu groß geratene Insekten wirkten. Bald danach verschwanden die Maschinen hinter den Bergkuppen der niedrigeren Höhenzüge in der Nähe. Und als auch das sonore Brummen und Knattern der Rotoren in der Ferne verstummte, senkte sich wieder Ruhe über das nepalesische Himalaja-Hochland, in welchem die dunklen Punkte der emsig umher wuselnden Menschen wie Fremdkörper anmuteten.

Während die einheimischen Sherpas sich damit beschäftigten, die Ausrüstung gleichmäßig auf alle zehn Expeditionsteilnehmer zu verteilen und den Abmarsch vorzubereiten, beugten sich die drei Amerikaner über eine ausgebreitete UTM-Karte des Himalaja-Gebietes. Taylor M. Harris hielt zudem ein GPS-Gerät in der Hand, ein heutzutage unentbehrliches Utensil, zur genauen Positionsbestimmung.

»Schat mal her, ich habe die entzifferten Daten der alten Karte auf diese neue hier übertragen«, sagte Harris gerade zu seinen beiden Freunden und deutete dabei auf einige handschriftlich gemachte Notizen.

»Wir sind hier nordöstlich der beiden Annagurrta-Gipfel. Den Markierungen nach müssen wir uns ein gutes Stück nördlich halten und dann leicht nach Nordosten abschwenken. In dem dann erreichten Gebiet sollte das geheimnisvolle Tal, also unser eigentliches Ziel, verborgen sein.«

»Bis auf welche Höhe müssen wir denn hinauf?«, erkundigte Mike Iron sich bei seinem Freund.

»Wahrscheinlich auf etwa 5500 bis 6000 Meter«, gab dieser bereitwillig zur Antwort.

Mike verzog missmutig sein Gesicht. »Ziemlich dünne Luft da oben, was?«

»Dünn schon, ohne Frage«, meinte Sheila Armstrong bestätigend. »Wir dürften dennoch trotzdem die meisten Zeit ohne Sauerstoffmasken auskommen. Die so genannte ›Todeszone‹, also der Bereich, wo wegen der dünnen Luft keine ausreichende Sauerstoffversorgung mehr gewährleistet ist, beginnt erst in etwa 7000 Metern Höhe. Und unsere Sherpas …«, sie machte eine Kopfbewegung zu den nepalesischen Trägern hin, »… die brauchen da sowieso nichts zusätzlich. Die Menschen hier sind an solche Verhältnisse und Höhen gewöhnt. Für die ist das wie Sonntags Brötchen holen gehen.«

»Na, dein Wort in Gottes Gehörgang«, sagte Mike mit immer noch etwas skeptischen Gesicht.

Sheila nahm derweil noch einmal die Karte in Augenschein.

»Was meinst du, Taylor«, fragte sie den Freund, »Wie lange werden wir unterwegs sein?«

Der Expeditionschef wiegte bedächtig seinen Kopf hin und her und zuckte leicht mit seinen Schultern.

»Wir haben schwieriges Gelände vor uns«, antwortete er und wies dabei auf verschiedene, topografischen Kartenmarkierungen und eingezeichneten Höhenlinien.

»Ich rechne mal mit mindestens vier, fünf Tagen. Wenn wir dieses geheimnisvolle Tal nicht auf Anhieb finden, können es vielleicht auch noch ein paar mehr sein.«

»Na, dann sollten wir doch nicht so unbeschäftigt herumstehen, sondern losziehen, oder?«, kommentierte Mike die Ausführungen des Freundes und klatschte die behandschuhten Hände zusammen. Was allerdings wegen des dicken Stoffes ein eher trauriges, puffendes Geräusch ergab.

»Ich unterstütze diesen Vorschlag!«, meinte auch Sheila ganz in der Tradition typischer, amerikanischer Bürgerversammlungen.

»Na dann!«, sagte Taylor und setzte seine dunkle Schneebrille auf. »Es wurde ein Vorschlag eingereicht und unterstützt, der, so meine ich, einstimmig angenommen ist. Also, auf ins Abenteuer!«

Harris drehte sich zu den emsig arbeitenden Sherpas um.

»Ngawang Dongin Sherpa!«, rief er den Namen des Cheftägers zu ihnen hinüber.

Aus der Gruppe löste sich eine dunkel gekleidete Gestalt mit rotem Kopftuch unter der Parkahaube und stapfte durch den harschigen Schnee auf die drei Amerikaner zu.

»Sir Chef?«, sagte er fragend zu Taylor, als er die kleine Gruppe erreicht hatte.

»Ngawang, wie weit sind deine Leute?«, wollte Harris von dem nur 1,60 Meter großen Mann wissen. »Wir möchten so schnell wie möglich aufbrechen.«

Im dunkelhäutigen, Wetter gegerbtem Gesicht erschien eine Reihe überraschend weißer Zähne, als der Chef der Sherpas über das ganze Gesicht grinste.

»Wir sind bereit, Sir Chef. Warten nur auf sie!«

»OK, dann wollen wir euch nicht länger warten lassen. Gib das Signal zum Aufbruch.«

Ngawang Dongin Sherpa nickte, wandte sich um und stapfte durch den harten Schnee zu seiner Truppe zurück, der er schon von weitem Anweisungen auf Nepali, eine der Landessprachen, zurief. Innerhalb weniger Minuten waren alle Expeditionsteilnehmer bereit für den Marsch. Jeder trug seine eigene Ausrüstung in einem großen, aber dennoch leichten und sehr stabilen Tornister aus Karbonfaser auf dem Rücken. Außerdem hielt jeder stabile Walking-Stöcke in den Händen, die ein sicheres Vorankommen auf dem eisigen und felsigen Gelände erleichterten. Für steile Abschnitte hielten die Expeditionsteilnehmer Eispickel, Seile, Eis- und Karabinerhaken bereit.

Kurze Zeit später setzte sich der ganze Trupp in Bewegung. An der Spitze voran gingen Taylor, Mike und Sheila, gefolgt von den sieben Sherpas, die wiederum Ngawang Dongin anführte. Es sah aus, als schlängele sich eine kleine Gruppe winziger, dunkler Insekten durch ein gigantisches Labyrinth aus Fels, Schnee und Eis.

Hier oben, auf dem Dach der Welt, wurde einem recht drastisch vor Augen geführt, wie winzig man doch im Prinzip angesichts der Grandiosität der Natur war, und wie lächerlich die Probleme, die man wichtig wähnte. Die Atem beraubende, majestätische Bergwelt des Himalajas rückte einem den Kopf zurecht und stutzte den Menschen auf die eigene, pure Existenz zurück. Man erlag der unglaublichen Schönheit dieser ganz eigenen Welt. Und leicht konnte man vergessen, dass diese Schönheit ebenso tödlich sein konnte, wenn man seine Gedanken nicht beieinander hatte. Um diesen Umstand wussten alle Expeditionsteilnehmer. Und so schenkten sie ihrer Wanderung, ja jedem einzelnen Schritt, den sie hier oben taten, die volle Konzentration.

An den ersten beiden Tagen ihrer Expedition kam die Gruppe einigermaßen zügig voran. Der Himmel über dem gigantischen Bergmassiv zeigte sich von seiner schönsten Seite. Er strahlte in einem kräftigen, hellen Blau, nur hier und da von einzelnen weißen Wolkenflecken unterbrochen. Dazu herrschte nahezu Windstille. Auch das felsige Gelände erwies sich noch als gnädig. Es ging nur sehr moderat aufwärts, ein leicht zu bewältigender Abschnitt. Kahle Felsplatten wechselten sich mit von harschigen, vereisten Schneefeldern bedeckten Stellen ab. Hier bewährten sich die Spikes an den Bergschuhen, die ebenfalls mit einer Halt gebenden Spitze versehenen Wanderstöcke und die Eispickel. Den äußeren Umständen entsprechend herrschte eine ausgezeichnete Stimmung in der Truppe.
Abends saß man dann gemeinsam um die kleinen Gaskocher verteilt herum, trank heißen Tee, welchen die Sherpas für sich mit ranziger Yak-Butter versetzten, und aß kräftigenden Eintopf. Man unterhielt sich über die Expedition im Allgemeinen, über Land und über Leute.
Vier der einheimischen Träger sprachen ein einigermaßen verständliches Englisch, so dass sie für die anderen drei übersetzten. Unweigerlich kam die Sprache auch auf das eigentliche Expeditionsziel. Die drei Amerikaner hatten zuvor jedoch abgesprochen, nicht alle Karten vorschnell auf den Tisch zu legen. Möglicherweise gab es Sagen oder Erzählungen hier in den Bergen, und möglicherweise rührten sie dabei an einem Tabu oder etwas in dieser Art. Deswegen erzählten sie vom Fund einer sehr alten Expeditionsbeschreibung, deren Weg sie aus reiner Neugierde und Abenteuerlust noch einmal nachvollziehen wollten. Damit gaben sich die Sherpas zunächst auch zufrieden. Man wusste ja, auf welch absonderliche Ideen US-Amerikaner zuweilen kommen konnten, zumal sie auch noch einiges an Geld zu besitzen schienen. Irgendwann kroch dann auch der letzte Expeditionsteilnehmer in seinen Schlafsack, und es senkte sich Ruhe über das kleine Zeltlager.
Der dritte Tag begann mit einer unangenehmen Überraschung. Das Wetter hatte umgeschlagen. Der Himmel präsentierte sich nun in einer Orgie von Grautönen, aus denen immer wieder weiße Flocken oder Schneegriesel auf die zehn Menschen

herunter rieselten. Ein unangenehmer, böig-schneidender Wind fuhr ihnen dabei in die Parkas, ließ sie trotz deren Wind abweisenden Eigenschaften erschauern und erschwerte zudem das Abbauen des Zeltlagers. Missmutig warf Taylor M. Harris III. einen prüfenden Blick in den Himmel und in die Richtung, in welche ihr weiterer Weg führen sollte. Es war nicht so sehr der Schnee und der Wind, was ihm Sorgen bereitete, sondern vielmehr die rasch schwindende Sicht. Das graue Gebausch der Wolken senkte sich tiefer und tiefer, so dass man von jetzt auf nachher wie in Watte verpackt daher ging und kaum die Hand vor Augen sah. Das verlangsamte ihr Fortkommen natürlich erheblich. Überdies wurde nun auch noch das Terrain schwieriger. Sie bewegten sich jetzt fast ausschließlich über vereistes und Schnee bedecktes Gelände von zunehmender Steigung. Vor allem bei den drei Amerikanern machten sich die aufkommenden Strapazen langsam bemerkbar. Nicht, dass sie nicht durchtrainiert und allesamt in bester, körperlicher Verfassung befunden hätten. Es lag vielmehr an der Art der Belastung. Sie bewegten sich schließlich nicht oft über mehrere Tage hinweg in fast 5000 Metern Höhe oder noch weiter oben. Die immer dünner werdende Luft ihren Tribut, wenn man sie nicht gewöhnt war. Den Sherpas schienen diese Umstände überhaupt nichts auszumachen. Kein Wunder, denn sie verbrachten ja fast ihr ganzes Leben in dieser Umgebung. Für sie bedeutete dies alles gewohntes Terrain, alltägliches Handwerk sozusagen.

Tag Fünf stellte die Truppe vor eine besonders anstrengende Herausforderung. Es galt, einen breiten Gletscherrücken zu überqueren. Was zunächst aussah wie eine leichte Übung, das konnte unter Umständen blitzschnell zur lebensbedrohlichen Situation werden. Gletscher erscheinen oft nur auf den ersten Blick als solide Masse. In Wirklichkeit sind sie mit Spalten, Schründen und Rissen durchsetzt. Eine glatte Fläche konnte im nächsten Moment unter einem zusammenbrechen und, wenn man ungesichert war, viele Meter tief in einen eiskalten Tod stürzen lassen.

Man musste also sehr vorsichtig zu Werke gehen. Das taten die Expeditionsteilnehmer auch, und zwar aneinander angeseilt. Im Gänsemarsch ging es dann über das trügerisch feste Eis hinweg. Der Mann an der Spitze prüfte vor jedem Schritt mit seinen Bergstöcken die Festigkeit des Materials vor ihren Füßen. Jeder in der Gruppe konzentrierte sich auf das Äußerste, immer in Erwartung, dass sich doch jederzeit eine Spalte vor ihnen auftun und sie in die Tiefe reißen könnte. Kein Wunder also, dass die Expedition einen ganzen Tag für die Überquerung des gefährlichen Geländes benötigte.

Entsprechend ausgelaugt und erschöpft erreichten sie den gegenüberliegenden Rand des Gletschers. Das gesellige Beieinander sein fiel darum an diesem Abend auch ziemlich kurz aus. Jeder aß und trank etwas, um sich dann gleich in sein Zelt und Schlafsack zurück zu ziehen.

Am nächsten Morgen wurden sie von noch schlechterem Wetter begrüßt. Es stürmte und dichter Schnee fiel in dicken Flocken. Die Sichtweite betrug weniger als zwei Meter. Ohne GPS- System hätten sie sich auf der Stelle rettungslos verirrt. So aber kam die Truppe auch weiterhin voran, wenn auch extrem langsam. Mike Iron kämpfte sich gegen Sturm und Schneetreiben an die Spitze des Zuges zu Taylor M. Harris vor.

»Wie sieht es aus, werden wir das Tal bald finden?«, schrie er ihm ins Ohr, um das heulende Pfeifen des Windes zu übertönen.

»Ich weiß es ehrlich gesagt nicht«, antwortete Taylor seinem Freund eben so laut. »Den Satelliten-Bildern nach zu urteilen, sollten wir bald ein Gebiet erreicht haben, in dem fünf schmale, hohe und lange Täler abzweigen, wie von einer Kreuzung. Unserer geheimnisvollen Karte nach zu urteilen, müsste eines dieser Täler in diesem Bereich zu finden sein. Hoffe ich zumindest!«

»Und wenn nicht?«

»Dann werden wir umkehren müssen. Unser Proviant und der Brennstoff für die Gaskocher reicht, um etwa für zwei weitere Tage nach vorne zu marschieren. Danach haben wir gerade genug, um wieder zu unserem Basislager zurückzukehren und auf die Hubschrauber zu warten!«

»Das ist ja eine große Sch …ande!«, rief Mike missmutig aus. »Wie sollen wir das richtige Tal überhaupt erkennen?«

»Wenn ich das hundertprozentig wüsste, wäre mir wohler!«, gab Taylor unumwunden zu. »Unsere Karte gibt sich in der Beziehung ja leider etwas nebulös. Da ist von einem Zeichen die Rede, das Eingeweihte sofort erkennen können«.

»Eingeweihte? Ein Zeichen? Und was soll das sein?«

Taylor zuckte unschlüssig mit seinen Schultern.

»Womöglich eine besondere Markierung, eine Felsformation, Schriftzeichen. Es kann alles Mögliche in Frage kommen. Wir brauchen eben etwas Glück.«

»Na, deine Zuversicht möchte ich haben!«

»Meine Zuversicht und Sheila!«, ergänzte Taylor und grinste breit. »Ihre manchmal schon fast unheimliche Intuition hat uns schon oft weiter geholfen. Weißt du noch, damals, vor etwa drei Jahren …?«

»Der Tempel der untoten Seelen auf Java, ich weiß«, erinnerte sich Mike mit Schaudern. »Ohne Sheila wären wir da nicht raus gekommen. Sie hat den rettenden Weg ins Freie gerade noch rechtzeitig entdeckt. Unser Glück wurde ganz schön strapaziert, was?«

Taylor M. Harris III nickte dazu, und auch seine Gedanken wanderten noch einmal zu dem haarsträubenden Abenteuer in Indonesien zurück.

»Ich bin auch dieses Mal sehr zuversichtlich«, sagte er dann im Brustton der Überzeugung. »Wir werden das Tal in der Zeit, die uns noch zur Verfügung steht, finden!«

»Und das Geheimnis lösen!«, ergänzte Mike und schlug seinem Freund kameradschaftlich auf die Schulter. »Vergiss das mysteriöse Geheimnis nicht.«

Am nächsten Tag klarte es endlich wieder auf. Die Expedition erreichte tatsächlich einen schmalen Bruchgraben, mitten im Hochgebirge. Und es schien auch jenes besagte Gebiet der Gebirgskarte zu sein, von dem die Tags zuvor erwähnten fünf Seitentäler abzweigen sollten. Das erste Tal, welches nur über einen schmalen Fußpfad erreicht werden konnte, war bereits bald darauf von Taylor, Mike und Sheila zusammen mit Ngawang Dongin Sherpa und Khamsum Sherpa erkundet worden. Es handelte sich hierbei nur um einen schmalen, dunklen Felseinschnitt von höchsten Vier-Mann-Breite und einer Länge von geschätzten hundert Metern. Schnell kamen die drei New Yorker zu dem Schluss, dass es sich dabei nicht um das gesuchte Ziel handeln konnte, man aber wohl auf dem richtigen Weg sei.

So bewegte sich die Expedition nun im Felsenbruch weiter voran, um zu den nächsten Gebirgseinschnitten, und damit den restlichen, gesuchten vier Hochtälern zu gelangen. Nach etwa einer Stunde neuerlichen Fußmarsches blieb Taylor plötzlich stehen. Er nestelte das Kartenwerk aus seinem Rückentornister und studierte es Stirn runzelnd.

»Stimmt etwas nicht?, erkundigte sich Sheila, bei dem schlanken Unternehmer. Sie war nur ein kurzes Stück hinter ihm gelaufen und fast gegen ihn geprallt, als er so plötzlich innehielt.

»Merkwürdig …«, war jedoch alles, was Taylor von sich gab.

»Würden sich euer Merkwürden vielleicht ein bisschen deutlicher äußern?«, stichelte die Freundin daraufhin ein wenig genervt.

»Wie?«

Taylors Kopf ruckte nach oben und er schaute Sheila fragend an.

»Ich würde gerne wissen, was denn so ›merkwürdig‹« ist!«, sagte diese mit tadelnder Ton in der Stimme.

»Ach so, entschuldige. Wir hätten schon längst den nächsten Taleinschnitt erreicht haben müssen. Aber außer Felswänden ist hier nichts zu sehen. Das ist merkwürdig«, erläuterte er die Umstände, welche ihm Kopfzerbrechen bereiteten.

»Kein Fehler möglich?«

»Nein, eigentlich nicht …«, antwortete der blonde Mann nachdenklich. »Wir werden hier mal halt machen und uns etwas genauer umsehen«, entschied er dann. Taylor M. Harris wandte sich dem Trupp zu und gab das Haltesignal.

»Hast du was dagegen, wenn ich mich ein paar Minuten hinsetze und ausruhe?«, fragte Sheila den Freund und Kameraden. »Ich bin ein wenig zierlicher gebaut wie ihr Männer, aber dieses Drum von Bergsteigerrucksack ist genau so schwer wie eurer.«

»Klar, ruhe dich etwas aus, Sheila. Wir sind ja genug Leute, die sich hier umsehen können.«

Er nickte der Freundin noch einmal zu, dann stapfte er zu den Sherpas und zu Mike zurück, um mit ihnen zu besprechen, wie ihre weitere Suche hier durchgeführt werden sollte.

Sheila lies sich derweil auf einem größeren Felsbrocken nieder und setzte mit einem Seufzer den massigen Rückentornister auf den Boden.

Eine Zeit lang sah sie den Männern zu, wie sie ausschwärmten, um Hinweise auf das Tal zu finden. Dabei kam ihnen zugute, dass der letzte, leichte Schneefall, welcher seit den frühen Morgenstunden geherrscht hatte, schlagartig nachließ.

Nach einigen Minuten löste sich der Blick der Amerikanerin von den Männern, und sie ließ ihn statt dessen ziellos durch das Bruchtal und die Felswände zu beiden Seiten davon wandern.

Es war eine eintönige Gegend. Eis, Schnee und Felsen in verschiedenen Blau-, Grau- und Brauntönen. Das einzig Auffällige in der Nähe stellte eine Felsformation dar, die ein wenig an den leicht gekrümmten, ausgestreckten Finger einer Hand erinnerte. Sie betrachtete die Formation einen kurzen Moment sinnend, dann wanderte ihr Blick wieder weiter. Doch schlagartig fuhr ein Ruck durch den schlanken Körper der Frau.

Ihr Blick huschte zurück und saugte sich an dem seltsamen Felsen, der oberhalb einer etwa zehn Meter hohen, schrägen Böschung lag, förmlich fest. Sie bekam große Augen, als sie die Erkenntnis regelrecht zu überwältigen drohte.

»Der Felsen …!«, flüsterte sie atemlos vor sich hin. »Das habe ich im Traum gesehen. Das ist dieser merkwürdige Fingerfelsen aus meinem Traum!«

Mit einem Mal wurde sie sehr aufgeregt. Wenn der Felsen aus ihrem Traum tatsächlich existierte, war es dann nicht auch wahrscheinlich, dass es den verborgenen Eingang zum geheimnisvollen Tal ebenfalls gab? Sheila sprang wie von einer Tarantel gestochen auf.

»Taylor! Mike!«, gellten ihre Rufe durch den Bruchgraben, von den Felswänden in ein vielfaches Echo reflektiert. »Ich glaube, ich habe den Eingang zu unserem Tal entdeckt!«

Die Männer kamen in einem fast halsbrecherischen Spurt zu Sheilas Standort gerannt, wo sie von ihr schon mit wild fuchtelnden Armen ungeduldig und voller Aufregung erwartet wurden.

»Sheila, was …?«, fragte Taylor ganz atemlos, als er die Freundin erreicht hatte.

»Der Finger, der Finger!«

Sie schrie die Worte fast und wies immer wieder erregt in die Richtung der ungewöhnlichen Felsformation.

»Was für ein Finger?«, fragte Mike und blickte verständnislos drein.

»Aus meinem Traum!«, erklärte Sheila wild gestikulierend. »Ich habe euch doch von meinem seltsamen Traum erzählt, den ich auf dem Flug hierher hatte. Genau diese wie ein Finger aussehende Formation kam darin vor. Und dahinter befand sich der Zugang zu einem Tal. Unserem Tal!«

Sie blickte triumphierend von einem zum anderen.

Taylor stieß Mike den Ellenbogen in die Seite.

»Als wenn ich es geahnt hätte, Mike!«, rief er fröhlich grinsend. »Hier ist unsere Intuition. Sheilas Traum weist uns den Weg!«

»Abwarten«, meinte Mike Iron und machte wieder mal ein skeptisches Gesicht zu der ganzen Sache. »Von hier aus ist jedenfalls nichts zu sehen, was auch nur im geringsten auf den Zugang zu einem Tal hindeutet. Zumindest sehe *ich* nichts.«

Harris musterte die zum Fingerfelsen hinauf führende Böschung mit gerunzelter Stirn.

»Hm, ist nicht sehr steil. Wir dürften keine Probleme haben, dort hoch zu gelangen«.

»Also, worauf warten wir noch?« Sheila wirkte völlig aufgekratzt. Hibbelig, wie sie war, konnte sie es kaum erwarten, heraus zu finden, was wirklich an ihrem seltsamen Traum dran war.

Taylor ging zu den Sherpas hinüber, die in einer Gruppe zusammenstanden. Er hatte bemerkt, dass sie aufgeregt miteinander zu tuscheln schienen und dabei immer wieder zur von Sheila entdeckten Felsformation hoch deuteten. Der Milliardär wandte sich an Ngawang Dongin Sherpa, dem Anführer ihrer Begleittruppe.

»Ngawang, sag deinen Leuten, dass sie sich bereit machen sollen«, wies er ihn an. »Sie können einen Teil der Ausrüstung hier lassen. Wir wollen zu dieser interessanten Felsformation hoch steigen, denn wir vermuten, dass wir dort auf den Zugang zu unserem verborgenen Tal finden werden.«

Keiner der Sherpas rührte sich vom Fleck. Sie blickten vielmehr ausnahmslos alle verlegen zu Boden.

»Ngawang?« Taylor M. Harris III warf dem Sherpa einen fragenden Blick zu.

»Nicht böse sein, Chef«, druckste dieser verlegen herum. »Meine Leute wollen nicht zu dem Fingerfelsen hochsteigen.«

»Warum dass denn nicht?«, wollte der Amerikaner sichtlich überrascht wissen.

»Es gibt da alte Geschichten und Sagen, Chef«, erklärte der braungesichtige Nepalese.

»Was für Geschichten?«

»Das in den Bergen der Finger Gottes jeden davor warnt, weiter zu gehen und die Geister der Nebel zu wecken. Wer diese Warnung missachtet, würde womöglich nie wieder zu den Lebenden zurückkehren!«

Der Sherpa hob den Kopf, schaute seinen Arbeitgeber an, und es lag echte Sorge im Blick seiner braunen Augen.

»Wir alle möchten da nicht hin. Der Finger Gottes warnt uns. Bitte geht ihr auch nicht dort hoch!«

Harris fühlte sich seltsam berührt von diesem eindringlichen Appell. Einen Moment lang wog er Für und Wider der ganzen Sache ab. Doch die Neugier, die Entdeckerlust in ihm, war stärker, als jedes Argument. Er trat zu Ngawang Dongin Sherpa hin und legte ihm freundschaftlich die Hand auf die Schulter.

»Ich danke dir für deine Warnung und für deine Sorge«, sagte er sanft zu dem Einheimischen. »Aber du musst uns auch verstehen. Wir sind nur wegen dieses verschollenen Tals hierher nach Nepal gekommen. Wenn wir uns die Sache nicht anschauen, wird es uns ein Leben lang verfolgen. Deswegen müssen wir einfach da hoch und nachsehen, was es dort zu finden gibt. Kannst du das nachvollziehen?«

Der Nepalese nickte nach kurzem Zögern, aber man sah ihm an, dass ihn Harris Entscheidung ziemlich betrübte. Es schien, als wolle er noch ein paar Worte zu dem Milliardär sprechen, doch schließlich schwieg der kleine Mann mit dem Wetter gegerbten Gesicht.

»Werdet ihr auf uns warten?«, fragte Harris den Nepalesen.

»Wir werden warten«, antwortete Ngawang. »So lange, wie es unsere Vorräte erlauben.«

»Das ist in Ordnung, Ngawang. Mehr können wir nicht von Euch verlangen.«

Taylor schenkte dem Sherpa ein Lächeln und streckte ihm die Hand hin.

»Wünsch uns Glück«, sagte er. »Wir sehen uns in einigen Stunden wieder!«

Der Nepalese schüttelte stumm die Hand des Amerikaners. Dann wandte sich Harris um und ging zu seinen beiden wartenden Gefährten hinüber. Ngawang blickte ihm traurig nach.

»Mach's gut, Chef!«, flüsterte er auf Nepali. »Aber ich glaube, wir werden uns nicht wieder sehen...«

Unterdessen kehrte der Milliardär zu Mike und Sheila zurück, die ihn schon mit fragenden Blicken empfingen. Er berichtete kurz, warum die Sherpas nicht weitergehen wollten, und was er mit Ngawang verabredet hatte.

»Ich frage euch beide, und bitte um eine ehrliche Antwort: Sollen wir auf die Sorgen von Ngawang und seinen Männern hören und umkehren? Oder sollen wir weiter machen?«

Erwartungsvoll und gespannt schaute Taylor seine Freunde an.

»In diesen alten Erzählungen und Sagen ist immer ein Körnchen Wahrheit verborgen«, warf Sheila nachdenklich ein. »Aber so kurz vor dem Ziel umkehren?« Sie schüttelte ihren Kopf, so dass ihre langen, roten Haare hin und her geflogen wären, hätten sie nicht unter der Parkamütze gesteckt.

»Nein, Taylor, ich kann nicht umkehren!«, sagte sie dann entschlossen. »Ich muss wissen, was an meinem Traum dran ist.«

»Ich möchte auch nicht umkehren!«, stimmte Mike der Freundin zu. »Ich würde mich ständig fragen, was wir am Ziel gefunden hätten. Das hielte ich nicht aus, ohne irgendwann auszuticken!«

Taylor nickte mit ernstem Gesicht.

»Es hätte mich gewundert, wenn ihr euch anders entschieden hättet!«

Der blonde Amerikaner klatschte in die Hände, was wegen der Handschuhe nur ein dumpfes »Puff« erzeugte.

»Lasst es uns anpacken!«

Schnell suchten sich die drei Freunde aus der umfangreichen Ausrüstung zusammen, was sie für ihre Exkursion benötigten. Alles andere ließen sie bei den Sherpas zurück. Schließlich schulterten sie ihre etwas erleichterten Rucksäcke, und Taylor winkte den Männern um Ngawang Dongin Sherpa noch einmal zu. Dann machten er sich zusammen mit Mike und Sheila daran, die Böschung zum Fingerfelsen hinauf zu steigen.

Das Gelände bereitete in der Tat nicht viele Schwierigkeiten. Es gab nur wenig loses Geröll, und der felsige Untergrund zeigte sich kaum vereist. Der Höhenunterschied von gut zehn Metern überwand die Gruppe rasch.

So dauerte es nur kurze Zeit, und die seltsame Felsformation befand sich unmittelbar vor dem Freundes-Trio. Sie sah tatsächlich aus, als wenn aus einer geballten Hand der Zeigefinger leicht gekrümmt ausgestreckt worden wäre. Die ›Fingerspitze‹ ragte dabei bis etwa fünf Meter über ihnen auf. Der gesamte, monolithische Steinkomplex befand sich auf einem kleinen Plateau. Zwischen ihm und der steil aufregenden Felswand bestand ein Abstand von knapp 50 Zentimetern. Und genau an dieser Stelle, vom Grabenbruch unten deshalb aus nicht zu sehen, entdeckten die Abenteurer …

»… ein Höhleneingang! Tatsächlich!«

Taylor M. Harris II zeigte sich erstaunt und erleichtert zugleich. »Sheila, deine Träume sind Gold wert!«

»Ob wir auch den von dir geträumten Lichtschalter finden werden?«, scherzte Mike.

»Das erwarte mal lieber nicht«, gab Sheila lachend zurück. »Denn falls doch, dann käme mir dies ganz gewiss nicht Geheuer vor. Aber wir haben ja unsere MagLites dabei.«

Der Milliardär und seine beiden Freunde atmeten noch einmal tief durch. Jenes Kribbeln machte sich in ihnen breit, das wohl jeden erfasst, wenn er im Begriff ist, irgendeine ungewöhnliche Entdeckung zu machen: Ein Gemisch aus freudiger Erwartung, Ungeduld, aber auch Anspannung vor der Ungewissheit, davor, was am Ziel vorgefunden werden könnte. Taylor Harris sog noch einmal tief die Luft ein und atmete genau so tief wieder aus.

»Na denn ...«, sagte er anschließend. »Los geht's!«

Langsam drangen die drei Amerikaner in den etwa 1,80 m hohen, aber nur knapp 60 cm breiten Höhleneingang ein. Es wurde rasch Stockfinster und die Abenteurer ließen ihre stabförmigen LED-Taschenlampen aufflammen, die ein helles, fast hart wirkendes, weiß-bläuliches Licht verbreiteten.

Felsvorsprünge, Stalagmiten und Stalaktiten warfen darin scharf umrissene, zuweilen unheimlich anmutende Schatten. Nach geschätzten dreißig Metern verbreiterte sich die Höhle auf etwa die dreifache Breite, und sie kamen gut voran. Es ließ sich in der Dunkelheit nicht gut abschätzen, wie lang dieser Felsengang wirklich sein mochte. Die drei Freunde bewegten sich mindestens eine starke halbe Stunde auf diesem sich durch den massiven Stein hin und her schlängelnden Weg.

»Sagt mal, ist es wärmer geworden?«, fragte Sheila, die in der Mitte ging, den vor ihr laufenden Taylor, nach einiger Zeit.

»Ja, seltsam, es kommt mir auch so vor«, erwiderte dieser Stirn runzelnd. Doch er kam nicht dazu, sich weiter über diesen merkwürdigen Umstand mit der Event-Managerin auszutauschen, denn Mike meldete sich lautstark zu Wort.

»He Leute, da vorne wird es hell!«, rief er vom Ende der kleinen Gruppe her, so dass sich schlagartig auch die Köpfe von Sheila und Taylor in Marschrichtung hin umwendeten.

Tatsächlich konnten sie voraus einen trüben Fleck diffuser Helligkeit erkennen. Unwillkürlich beschleunigten die Abenteurer ihren Schritt, so dass dieser Lichtschein schnell anwuchs. Nur wenige Augenblicke später traten die drei Forscher wieder ins das Licht des Tages hinaus.

Staunend schauten sie sich um und sie erkannten, dass sie am Rand eines mindesten 400 Meter durchmessenden, kesselförmigen Tals, inmitten von massiven Fels standen, dessen Wände nahezu senkrecht in die Höhe ragten. Die Tiefe dieses Tal blieb den Blicken der Menschen jedoch verborgen, denn etwa drei Meter unterhalb ihres Standpunktes, am Ende des Felstunnels, präsentierte sich das gesamte Gebiet von dichtem, weißem Nebel ausgefüllt. Ein schmaler Fußweg schlängelte sich vom Höhlenausgang am Felsen entlang nach unten in diesen undurchdringlichen Nebel hinein.

»Huh, was für eine Suppe!«, fluchte Mike. »Da sieht man ja nicht die Hand vor Augen!«

»Ich glaube, ich steh‹ in London«, murmelte Sheila, fast ein wenig enttäuscht.

»Stehen bleiben und lamentieren hilft nichts. Wenn wir was finden wollen, müssen wir uns in diese Nebelsuppe hinein begeben«, rief Taylor seinen Gefährten zu. »Wir werden uns sicherheitshalber anseilen, damit wir uns in dem dichten Grau nicht verlieren!«

Wie der Milliardär es vorschlug, so machte es die kleine Gruppe auch. Eine wirkliche Alternative gab es ja nicht. Die drei New Yorker hätten höchstens umdrehen und zurückgehen können. Doch dafür waren sie schon zu weit gekommen. Also stapften sie kurze Zeit später durch ein feuchtes, aber keineswegs kaltes, grauweißes Wallen, in dem sie kaum einen Meter weit sehen konnten. Eine geisterhafte Stille umgab sie. Selbst die Geräusche ihrer Schritte schienen wie durch dicke Watteschichten gedämpft zu werden.

»Unheimlich!«

Sheila flüsterte unwillkürlich und ein Schauer lief ihr über den Rücken.

»Kein Wunder, dass die Einheimischen diesen Ort meiden«, meinte Mike Iron grimmig. »Da kann einem ja Angst und Bange werden. Man sieht nichts, man hört nichts … man kommt sich vor, als liefe man über einen unwirklichen Friedhof. Fehlen nur noch die Grabsteine, und ein schreiendes Käuzchen, wie in den alten Gruselkrimis aus den 1960er Jahren.«

»Ein Grabstein ist es sicher nicht«, rief Taylor, der den Trupp anführte, seinen Freunden über die Schulter hinweg zu. »Aber ein Stück voraus scheint sich etwas im Nebel zu befinden. Ich kann vage Umrisse erkennen.«

Schlagartig machte sich Hochspannung in den drei Menschen breit. Langsam und vorsichtig näherten sie sich dem großen, dunklen Schatten vor ihnen. Dieser nahm mehr und mehr Kontur an, wurde deutlicher. Gleichzeitig bemerkten sie, dass Felsblöcke rechts und links von ihnen den Weg immer mehr verengten. Endlich erkannten sie, was es war, dass vor ihnen aufragte.

»Ein steinernes Tor?«, rief Taylor überrascht aus. »Jetzt wird es interessant. Tore sind ja schlechthin ein manifestes Sinnbild dafür, dass hinter der Schwelle etwas anderes beginnt. Was sich wohl hinter diesem Steintor verbergen mag?«

»Es erinnert mich ein wenig an diese japanischen Göttertore. Zwei Pfeiler rechts und links, ein Querpfeiler drauf, dessen Ecken an beiden Seiten ein wenig nach oben gebogen sind«, merkte Mike an, als er die archaisch anmutende Konstruktion betrachtete.

Er schätzte für sich die Maße des Gebildes ab. Das Torquadrat selbst mochte nicht ganz zwei Meter breit und höchstens 2,50 Meter in der Höhe betragen. Die steinernen Pfeiler wiesen eine Dicke von etwa drei Hand breit auf, wobei der Querträger sich an beiden Enden, wie schon beschrieben, nach oben wölbte und verjüngte.

»Da sind Schriftzeichen drauf!«

Sheila wies mit ausgestrecktem Arm auf eine Reihe seltsamer Symbole, die alle drei Pfeiler des Tores bedeckten. Sie trat näher an die steinerne Pforte heran, um die Zeichen genauer in Augenschein zu nehmen. Es handelte sich um Symbolgruppen, gebildet aus jeweils bis zu fünf unterschiedlich zueinander angeordneten Kreisen.

»Seltsam, sehr seltsam …«, murmelte die irisch stämmige Event-Managerin. »Das ähnelt keinem Schriftzeichen irgendeiner Sprache, die mir bekannt ist. Oder wisst ihr, welchen Ursprungs diese Symbole sein könnten? Ich habe jedenfalls noch nie etwas von einer ›Kreisschrift‹ gehört!«

Taylor und Mike betrachtete nun ebenfalls die entdeckten Symbolgruppen näher.

»Du hast recht, Sheila«, meinte Taylor nach eingehender Betrachtung. »Solche Zeichen oder Symbolgruppen habe ich auch noch nie zuvor in meinem Leben gesehen!«

Er richtete sich wieder auf und spähte durch den Torbogen hindurch, in der Hoffnung, etwas von dem erkennen zu können, was wohl dahinter auf sie warten würde. Doch der dichte Nebel verhinderte nach wie vor jede Sicht.

»Wir werden einige Fotos davon machen, wenn wir auf dem Rückweg sind. Könnte ja sein, dass diese merkwürdige Schrift eine kleine Sensation darstellt. Doch jetzt lasst uns lieber weitergehen, damit wir die Helligkeit des Tages so lange wie möglich für unsere Erkundigungen nutzen können. Die Nacht möchte ich in dieser Suppe möglichst nicht verbringen.«

»Das ist ja irre!«

Mike plötzlicher Ausrufe veranlasste Sheila und Taylor sich überrascht dem Bodyguard zuzuwenden. Dieser stand in der Mitte vor dem Tor und hatte seinen Arm so ausgestreckt, dass sich seine Hand zwischen den Torbögen befand. Er grinste von einem Ohr zum anderen.

»Das kribbelt, als wenn da irgendein Kraftfeld aktiv ist«, erklärte er seinen fragend dreinblickenden Freunden. »Tut aber nicht weh. Ist nicht mal unangenehm. Es fühlt sich an, als wenn man eine leichte Behandlung mit einem elektrischen Reizstromgerät bekommt.«

Auch die beiden anderen hielten nun vorsichtig ihre Hände unter das Tor.

»Tatsächlich, das kitzelt!«, kicherte Sheila.

»Aber es scheint nicht gefährlich zu sein«, stellte Taylor fest. »Na gut. Sollen wir es wagen? Ein kleiner Schritt für ein paar Menschen ...?«

Mike und Sheila nickte zustimmend.

»Gut, dann werde als erster gehen!«, bestimmte der Milliardär dann.

»Wieso willst bloß immer du der Erste sein?«, beklagte sich Mike daraufhin bei dem Freund.

»Ganz einfach: Ich bezahle den ganzen Spaß ja schließlich auch!«

»Oh, das ist in der Tat ein Argument.«

»Will ich meinen«, lachte der Chef der THAR-Holding. »So, passt auf: Wir bleiben natürlich angeseilt und ich gehe erst mal alleine vor, so weit das Seil reicht. Ihr wartet, bis ich euch rufe. Noch fragen?«

Er schaute seine beiden Gefährten der Reihe nach an und erntete zustimmendes Nicken.

»Sollte das Prickeln stärker werden oder sogar schmerzhaft, zieht ihr mich sofort zurück, OK?«

»Alles klar, Taylor«, bestätigte Sheila. »Wir stehen Gewehr bei Fuß!«

Dann beobachteten sie zusammen mit Mike gespannt, wie sich ihr Freund dem Tor näherte und es langsam durchschritt.

»Das seltsame Gefühl wird zwar ein bisschen stärker ...«, rief er seinen Freunden über die Schulter zu, »... aber das scheint es auch bereits gewesen zu seine. Ich denke es ist ungefährlich, ihr könnt ...«

Plötzlich brach die Stimme Taylors ab.

»Tom?«, rief Mike alarmiert. »Tom? Ist alles OK?«

»Aaaaaahhhhhhhh ...«.

Ein lauter, lang gezogener Schrei ließ die beiden zurückgebliebenen Abenteurer erschrocken zusammenzucken und erschreckte sie bis ins Mark.

»Taylor !«, schrie Sheila in aufkommender Panik auf. »Taylor – halte aus, wir komm ...«

Ein schmerzhafter Zug an ihrer Hüfte ließ Sheila erschrocken verstummen. Das Seil, mit dem sich die drei Expeditionsteilnehmer sicherten, hatte sich ruckartig angespannt. Sie konnte gerade noch Mike, der neben ihr stand, einen verstörten Blick zuwerfen, als es sie auch schon im nächsten Moment ruckartig von den Füßen riss . Das geschah so schnell, dass ihr keine Chance blieb, zu reagieren.

Schmerzhaft krachte Sheila auf den harten Felsenuntergrund. Sie schrie vor Schreck und Schmerzen auf. Kaum, dass sie zu Boden gekommen war, zog sie das Sicherungsseil mit unwiderstehlicher Kraft in den Torbogen hinein.

Schon spannte sich das Seil zwischen ihr und Mike, so dass es den bulligen, kräftig-muskulösen Mann nur einem Wimpernschlag später ebenfalls zu Boden riss. Auch für ihn ging alles viel zu schnell, um sich dagegen auch nur im Ansatz wehren zu können. Nacheinander zog es sie nun durch das steinerne Tor hindurch. Sheila und Mike bemerkten noch das rasch anschwellende, prickelnde Gefühl, dann schien sie ein heftiger Schlag, wie aus dem Nichts heraus, zu treffen. Als wenn ein Blitz in sie einschlug, machten sich schlagartig überwältigende Schmerzen im ganzen Körper breit, schien alles in ihnen ausbrennen zu wollen. Mit einem letzten, krampfartigen Aufbäumen versuchten sich die Körper gegen die unsichtbaren, an ihnen zerrenden Kräfte zu wehren. Doch es half nichts. Übergangslos versank alles um sie herum in einer verzehrenden Schwärze. Zurück blieben nur ihre verhallenden Schmerzensschreie, deren Echo ungehört im weißen Nebel des geheimnisvollen Tales verschluckt wurden.

Stille breitete sich wieder aus, und es schien, als hätten sich nie drei Menschen hier oben, im geheimnisvollen Hochtal, mitten im Massiv des Himalaja, befunden. Die Sherpas behielten letztendlich doch Recht. Taylor, Sheila und Mike kämen nicht mehr aus dem verborgenen Nebeltal heraus. Für die Sherpas würden die drei Amerikaner unheimlichen Geisterkräften, höheren Mächten zum Opfer gefallen sein. Aber was wirklich mit den Abenteurern passierte, das konnten sich diese Männer nicht einmal in ihren kühnsten Träumen ausmalen.

*****

Das Erwachen war pure Agonie.

Taylor M. Harris III. schwamm in einem Meer von Schmerzen. Jede einzelne Zelle in seinem Körper schien lichterloh in Flammen zu stehen, sich zu verzehren, scheinbar in Auflösung begriffen. Außer Stande, sich in irgendeinster Weise, zu bewegen, lag der Milliardär wie in Stein gegossen auf dem Boden. Und jedes Mal, wenn neue, kaskadenartige Wellen der Pein durch seinen Körper rasten, kam ein würgendes, gequält klingendes Gurgeln über sein Lippen. Nur unendlich langsam lichtete sich der Schleier um seinen Geist, wurde er sich seiner selbst langsam wieder bewusst.

»Ich …lebe …!«

Nur krächzend und leise drangen diese Worte aus Harris‹ Mund hervor. Dann verstummte er Minuten lang, während denen er verzweifelt versucht, die Kontrolle über seinen Körper wieder zurückzuerlangen, oder wenigstens seine Augen zu öffnen. Taylor konnte zwar spüren, dass alles vorhanden war, doch nichts gehorchte seinen Befehlen. Eine fast totale Paralyse, die zum Glück jedoch nicht die Atmung und Organfunktionen zu betreffen schien. Trotzdem gesellte sich zu den tobenden Schmerzen noch die Angst hinzu, möglicherweise Querschnittsgelähmt zu sein. Panik wallte in ihm auf, und der New Yorker Unternehmer begann keuchend und hektisch zu atmen.

»Nur nicht Hyperventilieren, sonst verlierst du wieder das Bewusstsein!«, murmelte Taylor gebetsmühlenartig vor sich hin, während er bemüht war, sich wieder zu fangen und zu beruhigen.

Er versuchte, ganz bewusst und langsam tief ein- und auszuatmen, so weit ihm dies in seiner gegenwärtigen- und hilflosen Situation möglich war. So konzentrierte er sich etliche Minuten lang nur auf seine Atmung. Nach einer ihm endlos erscheinenden Zeitspanne gelang es ihm tatsächlich, wieder ruhiger zu werden und seine Panik in den Griff zu bekommen. Nun konnte er seine Aufmerksamkeit erstmals auch seiner unmittelbaren Umgebung widmen, zumindest dem Teil davon, der ihm momentan zugänglich war: Geräusche, Gerüche und Hautempfindungen. Es verschaffte ihm eine gewisse Erleichterung von den wütenden Schmerzen in seinem Inneren, wenn er sich mit dem ›Außen‹ ablenken konnte.

Die Luft, die er durch Mund und Nase gierig in die Lungen sog, schmeckte frisch und würzig. Sie duftete nach irgendwelchen unbekannten Blüten und Kräutern. Zudem erschien sie bei weitem nicht so kalt, wie sie, gemessen an der letzten Umgebung im verborgenen Bergtal, hätte sein müssen. Schlagartig nahm er nun auch die veränderten Geräusche seiner Umgebung wahr. TAn Taylors Ohr drang das leise Säuseln einer lauen Brise. Außerdem vermeinte er, das nahe Plätschern von Wasser zu hören, wie es entsteht, wenn Wellen eines Sees oder Gewässers ans Ufer schlagen. Dann gab es da noch einige undefinierbare Töne, so leise, dass er sie gerade noch so erkennen konnte. Es hörte sich an wie ein leises Stöhnen.

»Mike! Sheila!«, stieß er in überraschender Erkenntnis gurgelnd hervor, und sein Herzschlag beschleunigte sich.

Seine beiden Gefährten befanden sich offensichtlich auch an diesem Ort. Und ihr Zustand schien nicht besser zu sein, als der seine.

Die Aussicht, nicht mehr völlig alleine an einem ihm unbekannten Ort sein zu müssen, aktivierte neue Kräfte in ihm. Taylor M. Harris kämpfte mit aufflammender Willenskraft gegen die brüllenden Schmerzen in seinem Innern an, versuchte, wieder Herrschaft über seinen Körper zu erlangen. Unter größter Anstrengung, und Aufbietung aller Energie, gelang es ihm schließlich, nach einer kleinen Ewigkeit, seine Augen zu öffnen.

Dieser erste Teilerfolg ließ Taylor erleichtert aufatmen. Erleichtert auch deswegen, weil die Pein in seinem Inneren endlich langsam an Intensität nachließ. Mehr und mehr wurde der Schmerz durch ein Kribbeln abgelöst, welches sich anfühlte wie jenes, das auftritt, wenn ›eingeschlafene‹ Gliedmaßen wieder richtig versorgt werden. Auch das konnte sehr schmerzhaft sein, wie es fast jeder schon einige Male in seinem Leben festgestellt hat. Doch diesen anderen, neuen Schmerz nahm Taylor gerne in Kauf. Stellte er doch Beweis dafür dar, dass offensichtlich das Leben in seinen Körper zurückkehrte und er vielleicht bald wieder in der Lage sein würde, sich zu bewegen.

Jetzt aber starrte er zunächst einmal in den Himmel über sich. In erster Erkenntnis stellte er fest, dass es nach oben hin keinen Nebel mehr gab.

Als Zweites überraschte es ihn, zu sehen, dass es offensichtlich in der Zwischenzeit schon Nacht geworden zu sein schien. Sterne konnte Taylor allerdings nicht erkennen, denn der nächtliche Himmel zeigte sich von hohen Schleierwolken überzogen. Zu seiner Linken nahm das Firmament bereits eine dunkle, rot-blaue Tönung an. Also musste jetzt früher Morgen herrschen, denn die morgendliche Dämmerung setzte ein. Automatisch assoziierte Taylor diese Seite damit als ›Osten‹.

»Du lieber Himmel, wie lange war ich denn bloß bewusstlos?«, fragte sich der Milliardär halblaut vor sich hin murmelnd selbst.

Er versuchte, sich zu erinnern, was vor diesem Blackout stattgefunden hatte. Als er an der Spitze ihrer Dreiergruppe durch dieses Steintor im geheimnisumwitterten Nebeltal schritt, war es gerade mal früher Nachmittag gewesen. Somit musste er den restlichen Tag und fast die ganze Nacht hindurch das Bewusstsein verloren haben, wenn jetzt bereits schon wieder ein neuer Morgen herauf zog.

Taylor rollte wild mit den Augen umher, um sein begrenztes Sichtfeld so weit auszuloten, wie es ging. Viel brachte es ihm nicht, wie er bekümmert feststellte. Um ihn herum wallte nun dunkelgrauer Morgennebel aus dem Untergrund empor, der die Umgebung ein paar Handbreit hoch bedeckte, und so die Sicht ein wenig einschränkte.

»So viel zum Thema ›der Nebel ist weg‹«, murmelte der Unternehmer leise.

Einzig in der Richtung, wo sich seine Füße befanden, vermeinte der Milliardär, so etwas wie einen quer liegenden Steinquader zu erkennen, gleich dem Sturzbalken eines Tores. Handelte es sich dabei um jenes, durch welches er vor nicht allzu langer Zeit geschritten war?

»Unsinn!«, brabbelte er gleich darauf vor sich hin, und wenn es gegangen wäre, hätte er den Kopf geschüttelt. Hatte er doch selbst einige Minuten zuvor seine

Lage einer ersten Analyse unterzogen und war zu der Erkenntnis gelangt, dass er sich eben nicht mehr im Hochgebirge des Himalajas zu befinden schien.

Erneut richtete er die ganze Kraft darauf aus, Kontrolle über das schmerzende Stück Fleisch, als was sich seiner Körper immer noch darstellte, wiederzugewinnen.

Ein krächzender, triumphierender Laut drang aus seinem Brustkorb hervor, als er es schaffte, seinen Kopf ein Stück anzuheben. Jetzt konnte er in der weichenden Dunkelheit erkennen, dass sich etwas mehr als fünf Meter vor ihm entfernt tatsächlich ein Tor ähnliches Gebilde befand. Ganz anders, wie im verborgenen Himalaja- Tal, stand dieses Tor offensichtlich frei und war nicht in einem engen Felsengang eingezwängt. Ein endgültiger Beweis für Taylor, dass er und seine Freunde sich mit Sicherheit nicht mehr in Nepal befanden, denn unzweifelhaft war ihre Umgebung eine andere wie zuvor.

Ächzend lies er den Kopf wieder sinken und schlug hart damit auf dem feinkiesigen Untergrund auf. Das Anheben seines Kopfes hatte ihn ungewöhnlich stark angestrengt, so, als hätte sein Schädel plötzlich mindestens das doppelte Gewicht. Doch diesen Umstand schob er auf seinen geschwächten Zustand zurück.

Schwer atmend verharrte der amerikanische Firmenmagnat einige Minuten lang regungslos und starrte in den dunklen Himmel über ihm. Beiläufig registrierte er, dass die Farbe Rot am Firmament deutlich an Kraft gewonnen hatte und schon nicht mehr so dunkel wirkte, wie zu dem Zeitpunkt, als es ihm gelang, seine Augen zu öffnen.

Zwischenzeitlich fühlten sich auch die Schmerzen in seinem Inneren anders an. Sein gesamter Körper schien im Zustand des Erwachens begriffen zu sein. Angefüllt von dem prickelnden Nervenschmerz, weiterhin zwar unangenehm, aber gerne von ihm in Kauf genommen, denn er bedeutete nicht mehr und nicht weniger, als das er wirklich nicht gelähmt war. Der Zeitpunkt der Rückkehr der Kontrolle über seine Gliedmaßen schien nun nicht mehr fern.

Taylor kämpfte verbissen um diese Kontrolle. Nach endlosen, teilweise immer noch qualvollen Minuten gelang es ihm, den Oberkörper in die Höhe zu stemmen, dazu seine Beine anzuziehen. Endlich saß er, beide Beine mit den Armen umschlungen haltend, auf dem steinigen Untergrund, den Kopf auf seine Knie gelegt, schwer nach Atem ringend da. Seine Stirn war Schweiß bedeckt und er pumpte keuchend die kühle Morgenluft in seine Lungen.

»Scheiße …«, stieß er pfeifend hervor, »… ich komme mir vor, als hätte man meinen Körper mit Beton ausgegossen! Warum fühle ich mich nur so verdammt schwer?«

Natürlich gab ihm niemand Antwort auf seine Frage. Aber sie rief ihm seine beiden Gefährten in Erinnerung. Träge hob er seinen Kopf und sah sich um. In einigen Metern Entfernung, gerade noch im langsam lichter werdenden Morgendunst erkennbar, lagen zwei dunkle Umrisse auf dem feinen, hellgrauen Kies des Bodens. Taylor lauschte erneut und konnte wieder ein leises Stöhnen aus Richtung der beiden Körper wahrnehmen.

»Sheila?«, rief er mit besorgt klingender Stimme in diese Richtung hinüber. »Sheila, Mike … seid ihr beide in Ordnung?«

»Habe mich nie besser gefühlt, als jetzt!«, kam es, von Ächzen und Stöhnen begleitet, ziemlich sarkastisch und mit Mike Irons Stimme als Antwort zu Taylor zurück.

»So blöd kann nur einer fragen«, setzte der Bodyguard noch hinzu. »Sheila, du kannst beruhigt sein, unser Häuptling lebt!«

»Ooh …«, war nun die Stimme der gemeinsamen Freundin zu vernehmen, »… wenn ihr nur annähernd solche Schmerzen habt, wie ich, dann kann man diesen Zustand kaum als Leben bezeichnen. Hat denn wenigstens jemand die Nummer von dem Kerl aufgeschrieben, der uns überfahren hat?«

»Sheila, der Witz ist alt!«, rief Taylor zu seinen Gefährten hinüber. Die Erleichterung darüber, dass diese ebenfalls hier und am Leben waren, konnte man ihm dabei genau anhören.

»Trifft aber zu!«, bemerkte Sheila trocken. »Das war mindestens ein Truck, ein Hummer oder vielleicht sogar ein Panzer. Es ist, als ob mein Körper in Flammen steht. Und außer Mund und Augen kann ich nichts bewegen. Zudem scheint jemand ein paar Zentner Gewicht auf mich draufgepackt zu haben! Es kommt mir vor, als sollte ich umgehend mit einer radikalen Diät anfangen, um ein paar überflüssige Kilo abzuwerfen.«

»Genau so geht es mir auch!«, ergänzte Mike. »Einfach scheußlich, dieser Zustand! Als wäre man im eigenen Körper eingesperrt. Einen Moment lang dachte ich, dass ich vielleicht Querschnittgelähmt sein könnte!«

»Das geht vorbei, Mike!«, beruhigte ihn Taylor. »Den Teil habe ich nämlich bereits hinter mit. Ich sitze zwischenzeitlich immerhin schon. Und die tobenden Schmerzen lassen jetzt rasch nach. Ich kann euch gar nicht beschreiben, wie gut sich das anfühlt!«

»Oh doch, Taylor, beschreibe es!«, seufzte Sheila. »Hör am besten gar nicht auf mit den Beschreibungen. Das könnte mir die Hoffnung geben, dass dies alles tatsächlich in Kürze vorbei sein möge. Lieber jede Woche meine Periode, als das noch einmal durchzumachen!«

Taylor musste unwillkürlich lachen.

»Na, deinen Humor hast du wenigstens noch nicht verloren.«

Die nächsten dreißig Minuten vergingen damit, dass die drei New Yorker Schritt um Schritt ihren eigenen Körper wieder in Besitz nahmen. Tatsächlich war es so, dass ab einem gewissen Punkt die Schmerzen und Beeinträchtigungen sehr rasch nachließen. Das Kribbeln und Brennen ebbte ab, und das Leben kehrte in die tauben Gliedmaßen zurück. Was allerdings weiterhin Bestand hatte, war die Tatsache, dass sich alle drei recht zerschlagen, schwer und kaputt fühlten.

Schließlich saßen sie aber gemeinsam um einen der Rückentornister herum, tranken etwas aus ihren mitgeführten Vorräten und kauten dazu einige Energieriegel. Sie hatten die Expeditionsjacken ausgezogen, denn es war recht warm geworden und in den dick gepolsterten Kleidungsstücken hatten sie ziemlich zu schwitzen begonnen. Auch wurde es jetzt zunehmend heller. Die dichte Wolkendecke glühte nun in einem hellen, orangenen Farbton, in den sich, aus Richtung des Sonnenaufganges, weiße, kalkige Streifen mischten. Mike Iron saß mit offenem Mund da und betrachtete staunend das Naturschauspiel.

»Wow!«, entfuhr es ihm ehrfürchtig. »So ein bombastisches Farbenspiel am frühen Morgen habe ich ja noch nie gesehen!«

»Womit wir wieder beim Punkt unserer kleinen Diskussion wären!«, kommentierte Sheila seine Äußerung, und lenkte damit wieder auf den Kern ihres Gespräches zurück, welches sie während ihrer kargen Mahlzeit geführt hatten.

»Wie lange haben wir ohne Bewusstsein hier auf dem elendiglich unbequemen Kiesboden gelegen? Wo, zum Henker, sind wir? Wie, verdammt noch mal, sind wir hierher gekommen? Und warum, zur Hölle, fühlt sich mein Körper an, als hätte ich überall scheiß-schwere Bleigewichte daran hängen?«

»Also, ein New Yorker Pferdekutscher würde bei deiner Flucherei glatt vor Neid erblassen«, rief Mike spöttisch der rothaarigen Freundin zu.

Doch eine Antwort konnten weder er noch Taylor Harris vorweisen. Darum schwiegen die beide Männer, wobei jeder seinen eigenen Überlegungen nachging. Mike, der seine beiden Freude nur kurz für einen Moment angeblickt hatte, wandte seine Augen zudem wieder dem prächtigen, faszinierenden Farbspektakel über ihren Köpfen zu. Taylor ließ dagegen seine Blicke in der Gegend umherschweifen. Der graue Nebel um sie herum begann sich rasch zu verflüchtigen und gab den Blick auf die Umgebung frei, die sich immer deutlicher aus dem stetig zunehmenden Licht des neuen Morgens heraus schälte.

Die drei Abenteurer befanden sich tatsächlich in der Nähe eines Steintores. Es sah jedoch völlig anders aus, als jenes, welches sie im verborgenen Hochtal des Himalaja angetroffen hatten.

Dieses Tor hier stand frei auf dem hellgrauen Kiesuntergrund. Seine Höhe betrug schätzungsweise 2,50 Meter, der Raum zwischen den beiden senkrechten Pfeilern mochte eine Breite von gut zwei Metern haben. Der waagerecht angeordnete Sturz wies im Gegensatz zu dem ersten Tor keine sich nach oben hin verjüngende Enden auf. Pfeiler und Querbalken schienen sauber und akkurat behauen worden zu sein. Doch das war noch nicht alles. Das Tor selbst stand offensichtlich im Zentrum einer großen Steinkreisanlage. Denn etwa zehn Meter von ihm entfernt, schälten sich die Konturen von weiteren Pfeilern und Querbalken aus dem sich verflüchtigenden Morgendunst heraus. Mit zirka drei Metern etwas höher als das Tor im Zentrum, bildeten die Querbalken einen geschlossenen, auf elf Pfeilern ruhenden Kreis. Und dunkle Konturen dahinter, ließen vermuten, dass es mindestens einen weiteren, noch etwas höheren Ring aus Steinpfeilern gab.

Im ersten Moment mutete das alles wie das legendäre Stonehenge im Südwesten Englands an, ein Vergleich, den Sheila in ihrem Gespräch zuvor anstellte, als die Dunkelheit langsam die imposante Anlage freigegeben hatte. Und gewiss, es gab eine unverkennbare Ähnlichkeit.

Doch gleichzeitig wirkte diese Anordnung auf Taylor M. Harris unsagbar fremd. Dazu trug auch noch ein weiterer Umstand bei. Während um sie herum die Helligkeit nun rapide zunahm und der weichende Nebel immer mehr Einzelheiten der unmittelbaren Umgebung enthüllte, schien das Innere des zentralen Steintores von dräuender Schwärze angefüllt zu sein. Je heller es wurde, umso stärker fiel dieser Kontrast ins Auge. Harris lief ein Schaudern über den Rücken, denn dieser Anblick wirkte in der Tat befremdlich und unheimlich.

Er machte seine beiden Gefährten auf das seltsame Phänomen aufmerksam. Unter Mühen, Stöhnen und Ächzen erhoben sich die drei Amerikaner schließlich und näherten sich dem inneren Tor bis auf kurze Distanz. Gemeinsam musterten sie die seltsame Schwärze zwischen den Steinquadern.

Sie schien auf seltsame Art und Weise lebendig zu sein. Wellen liefen über ihre Oberfläche. Ab und zu blitzen kleine, helle Punkte darin auf, die jedoch nach Sekundenbruchteilen wieder erloschen, um an anderer Stelle erneut aufzutauchen.

»Kannst du dir einen Reim darauf machen, Taylor?«, erkundigte sich Mike Iron bei seinem Freund und einstigen Lebensgefährten. Er stand breitbeinig, mit in die Hüften gestemmten Armen vor dem Tor und betrachtete es aus zusammengekniffenen Augen.

Der Angesprochene war halb um die archaisch anmutende Konstruktion herum gelaufen und musterte gerade deren Rückseite. Dabei stellte er fest, dass er auch von dort nicht hindurchschauen konnte, da die Schwärze gleichermaßen den Blick versperrte.

Sheila hielt sich derweil abwartend ein wenig abseits. Man merkte ihr an, dass ihr viel durch den Kopf zu gehen schien. Kein Wunder, nach all dem, was ihrer kleinen Gruppe innerhalb kurzer Zeit alles zugestoßen war. Einmal mehr ertappte sie sich bei dem Gedanken, ob es nicht besser gewesen wäre, ihren Alptraum auf dem Flug nach Nepal ernster genommen zu haben, als sie es tatsächlich taten.

Dann ärgerte sie sich über sich selbst. Sie hatten die Warnung der Sherpas in den Wind geschlagen und befanden sich jetzt in einer unbekannten Situation. Nachträgliches Lamentieren half ihnen dabei bestimmt nicht weiter und würde nur Unfrieden mit sich bringen.

Da meldete sich Taylor wieder zu Wort und riss die junge Frau damit aus ihrer Gedankenwälzerei heraus.

»Ich halte das für ein Kraftfeld!«, bemerkte er soeben und zeigte mit einer tippenden Bewegung auf die wallende Schwärze zwischen den Steinen.

»Ein Kraftfeld?«, fragte Mike skeptisch zurück.

Taylor nickte.

»Ja, ein Kraftfeld, das uns hierher an diesen seltsamen Ort transportiert hat!«

»Du meinst, wie das ›Stargate‹ aus dieser Fernsehserie?« Mike grinste über beide Ohren. »Ist das nicht ein bisschen weit her geholt, Taylor?«

Der Milliardär fixierte seinen bärtigen Freund mit seinen stahlblauen Augen.

»Ich höre mir gerne deine Theorie an, Mike!«, forderte er den bulligen, Muskel bepackten Mann auf.

Dieser druckste ein wenig herum und senkte dann seinen Blick zu Boden.

»Ich kann dir keine Theorie anbieten, Taylor«, gestand er leise ein.

»Na bitte!«, meinte der Industrietycoon mit deutlich hörbarer Zufriedenheit in seiner Stimme. »Halten wir uns also an meine Theorie, die einzige, die wir im Moment überhaupt haben!«, fügte er dann noch mit Nachdruck hinzu.

Sheila musste innerlich anerkennen, das Taylor wohl Recht hatte. Wenngleich sie sich wieder einmal darüber ärgerte, in welcher Art und Weise der Freund dies zum Ausdruck brachte. Aber so war er eben. So musste man wohl auch sein, wenn man ein gigantisches Firmenimperium leitete.

»Seht doch mal ...«, begann der Milliardär seinen Freunden in etwas versöhnlicherem Ton zu erläutern, »Wir haben doch im Nebeltal vor dem Durchschreiten des dortigen Steintores so etwas wie ein Energiefeld gespürt. Erinnert ihr euch nicht?«

»Du meinst diese Prickeln, als wir die Hände in den Durchgang hielten?«, fragte Mike.

Taylor nickte bestätigend.

»Genau das meinte ich! Dieses Prickeln muss ein energetisches Feld gewesen sein. Denkt doch mal zurück, Physikunterricht - Bandgenerator. Das fühlte sich auch so an, wenn man dem Teil zu nahe kam. Als ich durch das Steintor gegangen bin, konnte ich es am ganzen Körper spüren. Und zunächst empfand ich es nicht als unangenehm. Doch von einer Sekunde zur anderen schien ich in Flammen zu stehen. Ein überwältigender Schmerz! Gleichzeitig war es mir, als packten mich tausend Hände zugleich, die mich nach vorne rissen. Ich konnte nur noch schreien, bis mir schwarz vor Augen wurde.«

»Erinnere mich bloß nicht daran!« Sheila erschauerte, als sie an das Erlebte der vergangenen Stunden zurückdachte.

»Das war eines der grauenhaftesten Erlebnisse meines ganzen Lebens!«

Mike Iron, der ein ernst-säuerliches Gesicht aufgesetzt hatte, nickte beipflichtend zu den Worten der Event-Managerin.

»Und du bist der Meinung, dass dieses seltsame, schwarze Feld ebenfalls ein Energiefeld ist?«, meinte er dann und blickte seinen Freund skeptisch an. »Aber warum ist es hier schwarz und nicht durchsichtig, wie im Himalaja?«

Darauf wusste Taylor im ersten Moment auch keine schlüssige Erklärung. Er seufzte tief und musterte das dunkle, mit hellen, goldenen Lichtblitzen durchsetzte Wallen aus zusammengekniffenen Augen.

»Da hilft wohl nur eines: Ausprobieren!«

Entschlossen wandte sich dem Steintor zu und näherte sich ihm schwerfällig, denn noch immer hatte er, hatten alle drei, dieses seltsame Gefühl der Schwere in sämtlichen Körpergliedern.

»Sei bitte vorsichtig!«, rief Sheila dem Freund besorgt hinterher und kaute dabei nervös auf ihren Lippen.

Taylor zwinkerte ihr noch einmal kurz beruhigend zu, dann streckte er seinen rechten Arm aus und brachte langsam die Fingerspitzen seiner Hand Zentimeter für Zentimeter dem seltsamen, mit blitzenden Lichtpunkten durchsetzten, schwarzen Feld näher. Mike und Sheila hielten unwillkürlich den Atem an, als Taylor das vermutete Energiefeld berührte.

Aber es geschah nichts!

Jedenfalls nicht das, was die drei Abenteurer erwartet oder vielleicht sogar erhofft hatten. Die Fingerspitzen des Milliardärs trafen stattdessen auf unerwarteten Widerstand.

Taylor warf seinen Freunden einen verblüfften Blick zu. Dann versuchte er, seine Fingerspitzen mit höherem Kraftaufwand gegen die Schwärze zu drücken.

Doch der Widerstand blieb. Es fühlte sich an, als presse er die Finger gegen eine hochfeste, kalte und sehr glatte Panzerglasplatte. Entschlossen versuchte es der athletische, durchaus kräftige Mann als nächstes mit der flachen Hand. Anschließend presste er beide Handflächen dagegen. Doch es half nichts. Das schwarze Feld lies kein Eindringen zu und setzte jedem Versuch weiterhin beharrlichen Widerstand entgegen.

Schließlich schlug Taylor mit geballten Fäusten auf die Barriere ein, trat mit den Füßen, und warf sich zum Schluss mehrmals mit der ganzen Wucht seines Körpers dagegen. Aber letztlich hatte er keinerlei Erfolg. Schlussendlich lehnte er mit dem Rücken gegen das Feld und rutschte langsam daran zum Boden herunter, wo er mit angewinkelten Beinen sitzen blieb. Erschöpft und deprimiert barg er das Gesicht in seinen Händen.

Seinen Freunden schmerzte es in der Seele, den langjährigen Freund so zu sehen. Sie wussten, wie sehr er das Gefühl der Hilflosigkeit und Ohnmacht hasste. Es verletzte den Mann bis ins Innerste. Taylor war ein Machtmensch, seit frühester Jugend gewohnt, seinen Willen durchzusetzen. Er konnte, wenn nötig, über die sprichwörtlichen Leichen gehen. Und doch, Vorfälle wie dieser offenbarten die Zerbrechlichkeit dieser Fassade aus Härte und Kraft.

Sheila wollte etwas Tröstliches zu dem Freund sagen, aber es fehlten ihr einfach die passenden Worte. Da ergriff Mike Iron die Initiative. Er trat zu seinem ehemaligen Lebensgefährten hin, ging neben ihm in die Hocke und legte sacht seine Hand auf Taylors Schulter.

»Lass gut sein«, sagte er so sanft zu ihm, wie man es dem hünenhaften Mann gar nicht zutraute.

Taylor hob seinen Kopf und blickte den Freund aus feucht schimmernden Augen an. Deutlich konnte Mike in ihnen ein Hauch von Verzweiflung lesen.

»Aber ich muss euch doch wieder hier wegbringen«, antwortete Taylor leise und mit rauer, brüchig klingender Stimme.

»Nun ist es aber gut, ja?«

Sheilas Stimme schallte streng über den Platz mit den Steintoren. Breitbeinig, und mit in die Hüften gestemmten Armen hatte sie sich vor Taylor aufgebaut.

»*Du* musst hier gar nichts!«, stellte sie mit blitzenden Augen klar, und das in einem Ton, der keinerlei Widerspruch duldete.

»*Wir* haben den Entschluss gefasst, die Expedition zu unternehmen. *Wir* sind gegen den Rat der Sherpas und gegen die Warnungen aus meinem Flugzeug-Traum in das geheimnisvolle Tal vorgedrungen. *Wir* haben beschlossen, das dortige steinerne Tor zu durchschreiten.

Wir!

Nicht du allein! Also werden wir auch sehen, wie *wir* aus dem Schlamassel wieder herauskommen. *Wir!* Ist das klar?«

Verblüfft starrte Taylor die junge Frau an, gerade so, als hätte er eine überirdische Erscheinung. Mit ihren flammend roten Locken und der kampfeslustigen Körperhaltung kam sie ihm in diesem Moment wie die Inkarnation der leibhaftigen

Jungfrau von Orleans vor.

Rasch wechselte Harris einen Blick mit Mike Iron, der ihm über die ganze Gesichtsbreite angrinste. Dann wendete er sich wieder Sheila zu.

»Bitte nicht schlagen, ich stehe ja schon auf!«, bat er die Event-Managerin, und machte eine abwehrende Geste mit seinen Händen.

Dann rappelte er sich so rasch es ging auf, und erhob sich, jedoch immer noch recht schwerfällig, wobei ihm Mike ein wenig Hilfestellung gab. Verstohlen wischte er sich mit dem Ärmel über die Augen und atmete ein paar Mal tief durch. Dann trat er an Sheila heran und drückte ihr ganz überraschend einen Kuss auf ihre Wange.

»Danke, Mädchen«, bedankte er sich leise und mit warmen Lächeln bei ihr. »Ich denke, der Tritt in meine Psyche war notwendig.«

»Mir ist Angst und Bang geworden, als ich dich so demoralisiert am Boden sitzen gesehen habe«, gab Sheila erleichtert zu. »Mach das bitte so schnell nicht wieder!«

»Versprochen!«

Zwischenzeitlich war es ganz hell geworden. Auch der äußere Steinkreis mit den höheren Torbauten konnte nun gut erkannt werden. Über die Querträger hinweg wurde zudem in der Ferne der obere Rand eines Felsplateaus oder Tafelgebirges sichtbar. Es schien den Platz mit der Steinkreisanlage ringsherum zu umschließen. Nur aus Richtung des Sonnenaufganges gab es eine breite Schneise von Helligkeit. Alles zusammen vermittelte dem Beobachter den Eindruck, dass sich auch dieser Steinkreis in einem Gebirgstal zu befinden schien, doch hier umgeben von einem Tafelgebirge mit schroffen, fast senkrechten Flanken.

»Ich denke, wenn wir auch nicht kapieren, *wie* wir an diesen Ort hier kamen, so sollten wir langsam damit anfangen, uns genauer anzusehen, *wo* wir hier eigentlich gelandet sind«, schlug Mike Iron nach einem Rundblick in die Szenerie vor.

»Das kann auf keinen Fall schaden«, stimmte Taylor zu. «Also lasst uns unsere Ausrüstung zusammensuchen. Und dann werden wir uns aus diesen Steinkreisen heraus wagen.«

Der Milliardär warf dem zentralen Torbogen mit dem schwarzen Wallen darin noch einen letzten, missmutigen Blick zu.

»Nachdem uns der direkte Weg dorthin, wo wir herkamen, versperrt zu sein scheint, werden wir uns wohl oder übel einen anderen dahin zurück suchen müssen«, brummte er mit verdrießlichem Gesichtsausdruck.

Mike schlug ihm kameradschaftlich auf die Schulter.

»Na denn: to boldly go where no man has gone before, alter Freund.«

Sheila stimmte kurz die Titelmelodie einer bekannten TV- Science Fiction Serie an, was die beiden Männer zum Lachen brachte und die allgemeine Anspannung sichtlich auflockerte. Gemeinsam sichteten sie dann rasch ihre verbliebene Ausrüstung.

»Na, ich hoffe bloß, wir finden bald irgendwo etwas Essbares«, meinte Taylor mit einem sorgenvollen Blick auf ihre Vorräte.

In Erwartung eines nur kurzen Abstechers in das Nebeltal hatten sie zuvor ja etliches von ihrer Ausrüstung ausgepackt und bei den Sherpas zurückgelassen. Keine gute Entscheidung, wie sich jetzt herausstellte. Doch wie hätten sie ahnen sollen, was sie erwartete.

Da die Luft immer wärmer wurde, zurrten sie die Thermojacken auf ihre Rücksäcke. Bald darauf durchschritten sie langsam den inneren Steinkreis.

Die Bewegung fiel allen immer noch erheblich schwerer als sonst, gerade so, als müsste sie gegen eine Art unsichtbaren, zähen Widerstands ankämpfen. Taylor machte sich einige Gedanken über diesen Umstand, behielt seine Überlegungen aber vorerst noch für sich, um seine beiden Freunde nicht mehr zu beunruhigen, als sie es ohnehin schon waren.

Zunächst gingen sie einige Meter zwischen dem inneren und dem äußeren Kreis entlang, durch die megalithisch anmutende Anlage. Dabei beobachteten sie alles möglichst genau, um ja keinen wichtigen Hinweis auf ihren Aufenthaltsort zu übersehen.

»Was sind das nur für seltsame Zeichen?«, wunderte sich Sheila nach einigen Minuten. Sie deutete auf die Quersteine des inneren, als auch des größeren Außenringes. »Haben wir so etwas nicht schon einmal gesehen?«

»Das sieht aus, wie diese komischen Schriftzeichen auf dem Tor im Nebeltal, mit denen wir nichts anzufangen wussten«, meinte Mike, nachdem er die von Sheila entdeckten Zeichen gemustert hatte. Er reckte den Kopf in die Höhe, um die eingravierten Symbole noch besser sehen zu können. »Ich erkenne wieder diese Kreise, die in verschiedenen Positionen zueinander stehen oder ineinander verschlungen sind.«

»Ja, seltsam, was?«, meldete sich Taylor ebenfalls zu Wort. »Es sind maximal fünf Kreise pro Symbolgruppe. Manchmal ist darin auch noch ein kurzer, senkrechter Strich zu finden. Und da …«, er deutete auf eine bestimmte Symbolgruppe, »… und dahinten wieder, dort wiederholen sich die Kreisgruppen. Aber sie gehören jedes Mal zu anderen Anordnungen. So, als würden sie ein Wort bilden, das mehrmals verwendet wird. Wenn ihr mich fragt, ich halte das tatsächlich für eine Schrift. Eine Kreisschrift!«

»Aber ich kenne keine Belege oder Berichte dafür, dass auf der Welt schon jemals jemand eine solche Schrift entdeckt oder darüber berichtet hätte!«, warf Mike ein und fuchtelte dabei mit seinem rechten Arm in der Luft herum, als er auf verschiedene Symbolgruppen wies. »Oder hast du irgendwann mal von so etwas in der Art wie hier gehört, Taylor?«

Doch Harris reagierte nicht gleich. Er starrte nachdenklich auf die fremdartigen Zeichen, während die grauen Zellen seines Hirnes auf Hochtouren arbeiteten. Mosaikstein für Mosaikstein setzte sich zu einem Bild zusammen. All das bisher Geschehene, die kaum zu begreifende Ortsversetzung, das nicht abklingen wollende Schweregefühl in ihren Körpern, die Kreisschrift auf der Steinkreisanlage - all das rief in ihm eine Vorahnung hervor, die, würde sie zutreffen, absolut ungeheuerlich wäre. So ungeheuerlich, das Taylor zögerte, seine Vermutungen gegenüber seinen Freunden preiszugeben.

»He Taylor, schläfst du mit offenen Augen?«

»Wie?«, reagierte der Angesprochene endlich auf die Frage seines Freundes.

»Ich wollte wissen, ob du schon mal von etwas ähnlichem wie dieser Kreisschrift gehört hast?«

»Nein, Mike«, antwortete Harris, »Ich glaube, noch niemand auf *unserer Welt* hat je von so einer Schrift gehört.«

Er sagte diesen Satz mit besonders nachdrücklicher Betonung auf die Worte ›unserer Welt‹ und wartete gespannt auf die Reaktionen von Mike.

»Na, dann bin ich ja beruhigt, dass du auch mal was nicht weißt«, sagte der gerade und machte ein verdrießliches Gesicht dazu. »Wie sollen wir aber dahinter kommen, was das da heißt, wenn niemand auf unserer Welt …«

Abrupt brach er mitten im Satz ab, riss seine Augen und den Mund auf und starrte im Wechsel von den Schriftzeichen zu Taylor Harris und wieder zurück.

»Das … das ist jetzt nicht dein Ernst, oder?«, stammelte er, nachdem ihm die Erkenntnis über Taylors angedeutete Vermutungen langsam ins Bewusstsein sickerte. »Sag, dass das nicht dein Ernst ist!«

Taylor schaute seinem Freund direkt in die warmen, braunen Augen, aus denen ihm Verwirrtheit und Erschrecken geradezu entgegensprangen.

»Ich fürchte, es ist so, Mike«, entgegnete Taylor leise. »Noch bin ich nicht Hundertprozentig sicher, aber es gibt fast keine andere Erklärung für das, was seit unserem Aufwachen geschehen ist. Sag bitte Sheila nichts, bevor wir endgültig klar sehen!«

Mike nickte nur stumm und mit großen Augen.

»Holla, wo bleibt ihr beiden denn?«, rief die schlanke New Yorkerin in diesem Moment zu den Männern herüber. Sie war bereits einige Meter weiter gegangen, bis sie bemerkt hatte, dass ihr Taylor und Mike nicht folgten.

»Wir kommen!«, antwortete Taylor kurz.

Gemeinsam mit Mike ging er zu ihrer gemeinsamen Freundin hinüber.

»Hier, ihr Beiden«, empfing sie die Männer. »Mir ist etwas aufgefallen.« Sie zeigte auf den Boden vor ihren Füßen.

»Seht ihr das?«, wollte sie dann von Mike und Taylor wissen.

Die Blicke der Männer folgten ihrem ausgestreckten Arm, doch sie konnten nicht gleich erkennen, was die junge Frau meinte. Sie starrten auf den Boden hinunter, sahen aber außer Kies und ihren Schatten nichts Außergewöhnliches.

»Was sollen wir sehen?«, fragte Mike deshalb nach einigen Sekunden verwirrt.

»Na, die Schatten!«

»Schatten?«, Mike klang ärgerlich. »Kannst du dich nicht so ausdrücken, dass man versteht, was du von einem willst?«

»Es sind zwei Schatten da! Zwei von jedem von uns!«

Sheila musterte ihre Freunde erwartungsvoll-gespannt.

»Zwei Schatten?«

Taylor stutzte und sah sich den Boden zwischen den beiden Steinkreisen genauer an. Jetzt erkannte er, dass alles, auch sie selbst, tatsächlich zwei Schatten warf. Einer davon war dunkel und kräftig, der Zweite um einiges schwächer und blass, weswegen es einem nicht sofort auffiel. Das Sonderbare an der Sache war jedoch, dass die Schatten in verschiedene Richtungen strebten.

»Noch ein Puzzlestück!«, murmelte Taylor leise vor sich hin.

»Du sollst nicht herum brabbeln, sondern mir sagen, was davon zu halten ist!«, forderte Sheila ihn auf.

Harris wandte sich der schlanken, rothaarigen Frau zu.

»Das werde ich dir bald sagen, liebe Sheila«, sagte er. »Und es wird dir so wenig gefallen, wie mir!«, fügte er dann noch hinzu.

Nun war es an Sheila, fragend in die Welt zu schauen, doch der Firmenboss äußerte sich nicht weiter zu seinen Bemerkungen. Dafür klatschte er in die Hände.

»Jetzt lasst uns aber endlich nachsehen, wie die Welt außerhalb dieser Steinkreise aussieht!«, rief er statt dessen und setzte sich auch sogleich in Bewegung, so dass seinen beiden Gefährten nichts anderes übrig blieb, als ihm zu folgen.

Nachdem sie den äußeren Steinkreis hinter sich gelassen hatten, öffnete sich der Blick auf die Umgebung. Verblüfft drehte Mike sich einmal um sich selbst.

»Eine Insel! Wir sind auf einer Insel!«

Taylor Harris kratzte sich am Hinterkopf und betrachtete die Szene vor seinen Augen.

»Das erklärt zumindest das Plätschern, dass ich nach dem Aufwachen ganz leise gehört habe«, meinte er.

Das Fleckchen Erde mit den beiden Steinkreisen samt Tor in der Mitte hatte einen Durchmesser von höchstens 300 Metern. Die Insel selbst umgab ein mindestens fünfzig Meter breiter Streifen dunklen, sehr kalt aussehenden Wassers.

Der runde See mitsamt Insel befand sich wiederum nahezu im Zentrum eines ebenfalls runden Felskessels. Taylor schätze dessen Durchmesser auf etwa zwei Kilometer. An einer Stelle gab es einen gut fünfhundert Meter breiten Einschnitt in der Felswand des Kessels. Das schien der einzige Zugang zu dem Talrund zu sein.

Langsam wanderte die kleine Gruppe um die Insel herum, genau auf die Stelle zu, wo sich in der Ferne dieser Taleinschnitt befand. Dort warteten schon die nächsten Überraschungen auf die Abenteurer. Aus dem dunklen Nass des Sees ragten die traurigen Überreste einer Holzkonstruktion heraus. Da die Freunde am gegenüberliegenden Ufer ähnliche Holzteile erkennen konnten, lag die Vermutung nahe, dass sie hier auf die Überbleibsel einer ehemaligen Brücke gestoßen waren.

»Schöne Scheiße!«, schimpfte Mike frustriert. »Hätte das Teil nicht noch im Stück vorhanden sein können?«

Missmutig starrte er auf die dunkle, unbewegt erscheinende Wasserfläche hinaus.

»Eiskalt sieht das aus. Da können fünfzig Meter eine riesige Entfernung sein. Ganz zu schweigen davon, welche Viecher da drin wohl herum schwimmen mögen!«

»Mich würde brennend interessieren, was das da drüben, auf der anderen Seite des Sees, für ein seltsames Bauwerk ist«, sagte Taylor, seine Augen unverwandt auf das gegenüberliegende Seeufer gerichtet.

Mike und Sheila folgten seinem Blick zu einem schlanken, vielleicht zehn Meter hohen, runden Bauwerk. Das Wandmaterial schimmerte beige, durchsetzt mit kaum sichtbaren dunklen Linien und Kreisstrukturen. Den Durchmesser konnte man auf um die sieben Meter schätzen. Aus der Mitte seiner glatten Oberfläche ragte ein dünner, schlanker, schwarz glänzender Mast empor. Auf die drei Betrachter wirkte der nüchterne Bau wie eine gedrungene Stumpenkerze, mit extrem langem Docht.

»Sieht wie ein gestauchter, breiter Turm aus«, meinte Mike Stirn runzelnd.

»Und was meinst du, welchem Zweck der Bau dienen mag?«, wollte Taylor vom vollbärtigen Freund wissen.

Dieser zuckte ratlos mit seinen Schultern.

»Keine Ahnung«, erwiderte der. »Auf mich wirkt das am ehesten wie so eine Art Wachturm, der …«

Ein erstickt klingender Aufschrei Sheilas unterbrach ihn in seinen Mutmaßungen.

»Die Sonne!«

Die beiden Männer drehten sich fast synchron zu ihrer Freundin um.

»Sag mal, kannst du dich nicht endlich einmal in ganzen Sätzen ausdrücken?«, fragte Mike die Frau mit vorwurfsvollem Gesicht. »Erst ›Der Schatten‹, und jetzt ›Die Sonne‹! Was ist mit der verflixten Sonne?«

»Es gibt verflixte zwei davon!«

Während Taylor diese fast zu ruhig und unaufgeregt, fast trocken wirkenden Worte mit der stoischen Ruhe eines Mannes aufnahm, der offensichtlich nichts anderes erwartete, schlugen sie wie eine Bombe in Mikes Bewusstsein ein.

Ruckartig hob er den Kopf und starrte in den Licht überfluteten Morgenhimmel hinein. Mit einem Ächzen nahm er die Bilder auf, die ihm seine Augen zeigten, und die sein Gehirn doch nicht glauben wollte. Knapp über dem Grat des sie umgebenden Felsplateaus hatten sich zwei Sonnen über den Horizont erhoben. Eine etwa Erdsonnen große, Orangefarbene, sowie links oberhalb davon, eine um gut zwei Drittel kleinere, grellweiße Zwergensonne. Mike fasste sich ungläubig an den Kopf, blickte danach mit entsetztem Blick zuerst Sheila, dann seinen Freund und ehemaligen Lebensgefährten Taylor an. Dieser erwiderte seinen Blick ruhig.

»Der letzte Beweis, Mike«, sagte er mir rauer Stimme. »Wir sind definitiv nicht mehr auf der Erde.«

»Oh du meine Güte!«

Sheila erbleichte schlagartig, als sie ihrerseits nun die Situation der kleinen Gruppe endgültig realisierte. »Das vermutest du doch schon eine ganze Zeit lang, oder?«

Taylor nickte gleichmütig.

»Es war dieses seltsame Gefühl der Schwere, das auf uns liegt, seit wir hier zu uns gekommen sind. Bereits dabei hatte ich einen ersten, leisen Verdacht im Hinterkopf«, gab er zu.

»Gravitation!«, entfuhr es Mike, und er schlug sich patschend mit der flachen Hand vor die Stirn. »Höhere Schwerkraft als auf der Erde! Deshalb dieses Schweregefühl!«

»Richtig, Mike.« Taylor schien geradezu unnatürlich ruhig zu sein. »Das Schweregefühl, die unerklärliche Ortsveränderung natürlich …«

»Dann das Lichtspiel am Morgenhimmel, Orangerot mit Kalkweiß«, fuhr Mike fort.

»Nicht zu vergessen die Kreisschrift und den Doppelschatten, der, wie wir jetzt wissen, von zwei Sonnen hervorgerufen wird«, fügte Sheila abschließend hinzu.

»Du nimmst das bemerkenswert ruhig hin, wenn man deinen Beinahe-Zusammenbruch am Tor als Vergleich heranzieht!«, sagte sie dann noch zu Taylor und strich sich mit zitternden Fingern eine Haarsträhne aus dem Gesicht.

»Täusch‹ dich nicht, teure Freundin!«, antwortete der blonde, athletisch gebaute Mann. »Mir gehen tausend Dinge durch den Kopf. Ich möchte am liebsten schreiend weglaufen und mich unter einer Decke verkriechen. Oder aufwachen und sagen können, alles wäre nur ein verrückter Traum gewesen. Doch dann muss ich nur den Kopf heben, die Doppelsonne am Himmel anschauen, und schon meine ich wieder, auf der Stelle verrückt werden zu müssen.«

Er legte Mike, in dessen Gesicht es nervös zuckte, die Hand auf die Schultern.

»Alles wirkt unwirklich, und der Verstand sagt uns, dass nicht sein kann, was nicht sein darf. Und doch ist es wahr: Wir haben, wie auch immer, unsere Welt verlassen und sind unter fremder Sonne gestrandet. Und nur wegen unserer verdammten Abenteuersucht! Wegen meiner Abenteuersucht!« Die letzten beiden Worte hatte er fast ausgespieen, vor lauter Zorn über sich selbst.

Da ertönte plötzlich und ohne Vorwarnung ein lautes, schnarrendes Geräusch, in das sich ein schauerlicher, an- und abschwellender Heulton mischte. Erschrocken zuckten die drei Menschen zusammen und drehten sich zur Quelle des Lärms hin um.

Die grässlichen Töne kamen direkt von dem gedrungenen Turm am anderen Seeufer. An der Spitze von dessen schwarzen Mast blinkte hektisch ein stechend helles, violettes Licht auf. Und in der beigefarbenen Wandung schoben sich drei kreisrunde Flächen zur Seite, hinter denen sich in unheilvollem Rot glühende Öffnungen auftaten.

»Was ist denn jetzt schon wieder los?«, schrie Mike gegen den auf infernalische Lautstärke angeschwollenen Lärmpegel an.

»Keine Ahnung!«, antwortete Taylor ebenso schreiend. »Aber was es auch ist, es hört sich nicht gut an!«

»Vermutlich hat unsere Ankunft hier auf der Insel irgendeinen Alarm ausgelöst«, mutmaßte Sheila, und die beiden Männer nickten bekümmert dazu. »Ich wüsste zu gern, welche Reaktion erfolgen wird.«

Doch noch bevor Taylor oder Mike etwas antworten konnten, geschah etwas anderes. Aus den rot glühenden Öffnungen in der Turmwand schossen drei schwarze, kugelförmige, mit stacheligen Aufsätzen überzogene Gebilde hervor und nahmen direkten Kurs auf die drei Abenteurer von der Erde.

»Oh, oh!«, entfuhr es Mike erschrocken. »Das will mir aber gar nicht gefallen!«

»Zusammenbleiben!«, zischte Taylor seinen Gefährten zu.

Eine überflüssige Aufforderung, denn die Beiden rückten schon von sich aus an den Kopf ihrer kleinen Gruppe heran.

Wenige Augenblicke später befanden sich die drei Stachelkugeln schon über der Insel. In nur wenigen Metern Abstand begannen die unheimlichen Gebilde damit, die Menschen in Augenhöhe zu umkreisen. Die Amerikaner fühlten sich bis in ihr Innerstes durchleuchtet. Sie wagten kaum, sich zu rühren.

Plötzlich, untermalt von einem metallenen Kreischton, blieben die schwarzen Flugobjekte wie angenagelt in der Luft hängen. Jeweils einer der größeren Stachel richtete sich auf einen der drei Abenteurer aus. Aus unsichtbaren Lautsprechern prasselten Worte einer zischenden, knarrenden und für die drei Menschen völlig unverständliche klingenden Sprache hernieder.

»Wenn ich bloß wüsste, was die von uns wollen!«, flüsterte Mike seinem Freund mit leiser Verzweiflung zu.

»Es klingt jedenfalls nicht gerade freundlich in meinen Ohren«, gab Taylor ebenso leise flüsternd zurück.

Wie zum Beweis seiner Worte begannen die auf die Menschen ausgerichteten Stacheln an ihren Spitzen hell aufzuglühen.

Im nächsten Moment traf die Abenteurer ein heftiger Schlag. Es fühlte sich an, wie der Fußtritt eines Unsichtbaren, und das direkt in ihren Magen. Die Luft wurde ihnen aus der Lunge getrieben, und ein stechender Schmerz breitete sich in Windeseile über ihre Körper aus. Aufschreiend und in verkrampfter Körperhaltung stürzten sie zu Boden.

Ein zweiter Schlag aus den stachelförmigen Waffen traf die Amerikaner. Heftiger noch als der Erste, schwemmte er sie mit einer Flutwelle des Schmerzes hinab in die Tiefen der Bewusstlosigkeit. Ein zweites Mal innerhalb kurzer Zeit wurden sie somit Bestandteil einer allumfassenden Schwärze.

Mit dem Auftauchen der schwarzen Stachelkugeln hatte ihr Abenteuer eine dramatische Wendung genommen. Der Gedanke daran, ob sie aus dieser Situation leben wieder heraus kommen würden, war das letzte, was ihnen in den Sinn kam, bevor sie sich im strudelndem Nichts verloren.

*****

»Was...?«

Mit dieser Frage auf ihren Lippen kehrte Sheila Armstrong schlagartig in die Welt des Bewussten zurück und setzte sich ruckartig auf. Bunte Kreise und Bälle tanzten vor ihren Augen und sie hatte einen Geschmack im Mund, als ob sie einen Mülleimer geplündert hätte. Außerdem war ihr entsetzlich übel. Sheila schluckte mehrmals heftig, und sie kämpfte gegen das Gefühl an, sich auf der Stelle übergeben zu müssen. Langsam besserte sich ihr Zustand, und nach einigen Momenten kehrte das klare Sehvermögen zurück. Aus den feu

Rechts neben sich erkannte sie eine durchsichtige, zur Hälfte mit einer klaren Flüssigkeit angefüllten Karaffe. Vorsichtig griff sie danach, schnupperte an der Flüssigkeit und steckte dann ihren linken Zeigefinger hinein, den sie anschließend vorsichtig ableckte. Kein Zweifel, es befand sich reines Wasser in der Karaffe. Ohne zu zögern setzte sie diese an und trank die kühle Flüssigkeit in großen Schlucken. Und mit jedem Schluck schwand ihre Übelkeit, klärten sich ihre Sinne vollends.

63

Nachdem Sheila ihren Durst gestillt hatte, setzte sie die Karaffe wieder auf den hölzernen Schemel zurück, von dem sie ihn genommen hatte. Und noch während sie sich ihren Mund mit dem Unterarm abwischte, schaute sie sich neugierig um.

Das Letzte, an was sie sich erinnerte, war die Insel in einem dunklen Bergsee, und die Erkenntnis, dass sie sich nicht mehr auf der Erde aufzuhalten schienen. Danach erinnerte sie sich nur noch Schmerz und den schwachen Nachhall von dunklen, Stachel übersäten Kugeln, die durch die Luft auf sie zuschwebten.

Was sie allerdings jetzt um sich herum erblickte, machte ihr ohne Umschweife klar, dass sich ihre Situation nicht verbessert hatte. Im Gegenteil, denn sie befand sich zweifellos in einer Gefängniszelle. Und noch etwas registrierte sie mit Unbehagen: das sie nackt war.

Ihre Zelle mochte eine Tiefe von drei, und eine Breite von etwa zwei Metern haben. Links von der Bettstatt auf der sie lag, befand sich eine massive Mauer, in der es nur ein kleines, vergittertes Fenster gab, durch das helles Licht herein drang. Auch die Mauer hinter ihrem Kopf schien sehr massiv zu sein.

Dagegen handelte es sich bei der Wand rechts von ihr wohl nur um so etwas wie eine dünnen Trenn- oder Schamwand zur Nachbarzelle hin. In der Ecke zwischen Schamwand und Mauer erspähte sie einen Gegenstand, der wohl ein kreisrundes Toilettenbecken zu sein schien. Auch erstreckte sich diese dünnere Wand nicht bis ganz nach vorne, sondern nur etwas mehr als zwei Meter weit. Ab da waren nur noch eng beieinander stehende Gitterstäbe zu sehen, wie sie auch ihre Zelle nach vorne hin abgrenzten. Scheinbar schien es dabei keine Tür zu ihrem Gefängnis zu geben, wenngleich sie sich ja ohne Zweifel darinnen befand, also auch irgendwie herein gebracht worden sein musste.

Doch dieser Umstand und ihre fehlende Bekleidung stellten im Moment eher Nebensächlichkeiten für sie dar. Sheila Armstrong machte sich große Sorgen um ihre beiden Freunde, Taylor M. Harris und Mike Iron.

Leise rief sie ihre Namen. Als Antwort kam von jenseits der Schamwand ein leises Ächzen und von etwas weiter her ein heftiges »Uh! Mann! Mein Schädel!«, was Sheila zu ihrer grenzenlosen Erleichterung ihren beiden Gefährten zuordnen konnte.

Die schlanke Frau erhob sich und verharrte einen Moment auf der Stelle, bis ihr Kreislauf sich ebenfalls ›erhoben‹ hatte, dann ging sie langsam zur gegenüberliegenden Wand, wo sich zur Nachbarzelle hin nur die Gitterstäbe befanden. Dort drückte sie ihr Gesicht gegen den freien Raum zwischen zwei der metallenen Stäbe und versuchte, ein wenig um die Ecke zu spähen. Gerade noch so konnte sie Taylor erkennen, der sich eben auf die Bettkante setzte darum bemüht, wie zuvor sie, seine Übelkeit und das Schwindelgefühl unter Kontrolle zu bringen.

»Trink ein paar Schluck Wasser aus der Plastikkaraffe, dann geht es dir rasch besser!«, rief sie ihm zu. »Keine Angst, es ist wirklich nur Wasser. Ich habe schon davon getrunken!«

»Na wenn das so ist …«, nuschelte er noch halb benommen vor sich hin und beugte sich zum Hocker mit dem Gefäß darauf hinüber, ergriff es und trank anschließend in tiefen Schlücken

Sheila konnte dabei gut das Spiel der Muskeln an seinem schlanken, sehnigen Körper erkennen, denn wie sie trug auch er nur noch ein Adamskostüm.

Noch eine Zelle weiter tauchte nun die etwas massigere »Holzfäller«- Gestalt von Mike Iron auf, ebenfalls splitterfasernackt. Er winkte Sheila zu.

»Hallo Mädchen, Taylor, schön, euch zu sehen!«, freute er sich.

»Mike, ich bin so froh, dass es euch beiden gut geht!«, gab Sheila erleichtert zur Antwort.

»Diesen Zustand als gut zu beschreiben, wäre schlichtweg eine Übertreibung!«, stöhnte Mike und rieb sich seinen Hinterkopf. »Außerdem habe ich einen Geschmack im Mund, als hätte ich stundenlang verdorbenen Fisch gelutscht!«

Entgegen ihres allgemeinen Zustandes, musste Sheila, ob diesen Vergleichs, herzhaft lachen. Erstaunt bemerkte sie, wie gut ihr das tat, obwohl ihre augenblickliche Situation alles andere als fröhlich war.

»Eine recht zutreffende Beschreibung«, rief sie ihrem langjährigen, brüderlichen Freund zu. »Mir geht es da kaum anders.«

»Wohl wahr!«, kam es seitlich von Taylor, der sich zwischenzeitlich erhoben hatte und ein paar Schritte nach vorne kam, um seine Freunde besser sehen zu können.

»Immerhin leben wir«, fügte er dann noch hinzu, während er sich mit musternden Blicken umsah. »Hat einer von euch Beiden mitbekommen, wie wir hierher gelangt sind?«, fragte er dann. »Und vor allem, wo unsere Klamotten und die Ausrüstung stecken?«

Sheila und Mike schüttelten fast simultan mit ihren Köpfen.

»Ich erinnere mich nur an dieses schnarrende und kreischende Sirenengeräusch und die bedrohlich aussehenden, schwarzen Stachelkugeln«, antwortete Mike angestrengt nachdenkend. »Danach war allerdings Sendeschluss!«

»Also Blackout bei uns allen«, fasste Taylor zusammen, während er dicht an das Gitter herantrat, welches seine Zelle nach vorne hin abschloss. Er spähte aufmerksam zwischen den aus dunklem, mattgrau schimmerndem Metall bestehenden Stäben hindurch.

»Es scheint mir, als hätte man uns in eine Art Wachstation verfrachtet«, stellte er danach Mutmaßungen an.

Dabei wies er nach draußen, wo sich gegenüber von ihren Zellen eine Art

Schreibtisch, mit einem breiten Sessel dahinter, Schränke und Regale, sowie einige Monitore und Schalttafeln an der Wand befanden.

»Ist die Zelle neben deiner eigentlich belegt?«, wollte er dann von Mike wissen.

Dieser schüttelte verneinend seinen schwarz behaarten Kopf.

»Niente …«, sagte er. »Leer. Ich habe vorhin kurz um die Ecke gelinst.«

Verdrossen musterte er die neue Umgebung ihrer kleinen Gruppe. »Mir wäre bedeutend wohler, wenn ich wüsste, wer uns hierher hinter Gittern gebracht hat. Und wer steckt hinter diesen seltsamen Stachelkugeln? Warum hat man uns überhaupt betäubt? Wieso wurden wir eingesperrt. Und, verdammte Scheiße, erklärt uns nicht bald mal irgendeiner, wo zum Henker wir sind?«

Der bärenhafte Mann schaute in die ratlosen Mienen seiner beiden besten Freunde, die seine Fragen natürlich genauso wenig beantworten konnten, wir er selbst. Der Bodyguard las in den Gesichtern von Taylor und Sheila und den gleichen Schrecken, die gleiche Angst und die gleiche Ungewissheit, die auch ihn quälte. Und zwar seit dem Moment, als ihm schlagartig klar wurde, dass sie sich nicht mehr auf der Erde befanden. Eine Erkenntnis, die ihm spätestens im Licht der beiden Sonnen am Himmel bestätigt wurde.

Mike Iron trat nun seinerseits an das Gitter nach vorne, umfasste zwei der Stäbe mit seinen Pranken, riss und rüttelte daran.

»He, ihr da!«, schrie er in den von matter Helligkeit erfüllten Raum hinein. »Was wollt ihr von uns? Lasst uns hier heraus! Verdammt, redet wenigstens mit uns!«

Er presste seine Stirn gegen das kalte Metall, und seine tiefe, kräftige Stimme erstarb zu einem Flüstern. »Redet doch wenigstens mit uns …«

Es erfolgte keinerlei Reaktion auf seinen Gefühlsausbruch, und auch das leise Schluchzen, welches der in Chicago geborene Mann von sich gab, verhallte ohne jede Wirkung in den Tiefen des unbekannten Baus.

Taylor und Sheila hatten ihren Freund mit Betroffenheit und Sorge beobachtet. Vor allem Taylor tat es in der Seele weh, seinem zeitweiligen Lebensgefährten keinen Halt und keine Antwort auf all seine, auf all ihre Fragen geben zu können.

»Es … es wird schon wieder werden, Mike«, versuchte er es mit leisem Trost, während er auf die rechte Seite seiner Zelle ging, wo die von Mike angrenzte.

»Wir sind wenigstens immer noch zusammen«, fuhr er fort und versuchte, zuversichtlicher zu klingen, als ihm eigentlich zumute war.

»Das Dream-Team, Mike. Wir haben doch noch jedes Abenteuer heil überstanden, sind irgendwie aus dem größten Schlamassel wieder herausgekommen!«

Mike Iron hob den Kopf und blickte seinen Freund aus feuchten Augen an. Tränen hatten nasse Spuren in sein Gesicht gezeichnet, und Taylor konnte sich nicht erinnern, wann er Mike das letzte Mal hatten weinen gesehen.

»Das hier könnte sich als eine Nummer zu groß für uns erweisen, Taylor ...«, gab Mike tonlos von sich, und sein Blick glitt dabei in weite Fernen ab. »Wir sind nicht mehr auf der Erde, vergesst das nicht«, fügte er dann noch mit leiser Stimme hinzu.

»Eben, Freunde!«, rief Sheila mit ihrer hellen und kräftigen Stimme den beiden Männern aus ihrer Zelle zu.

Deren Gesichter wendeten sich mit fragendem Blick der rothaarigen Freundin entgegen.

»Wir sind die ersten Menschen der Erde, jedenfalls so weit ich weiß, die ein anderes Sonnensystem erreicht haben. Hat nicht jeder von uns schon mal davon geträumt?«

Sie schaute die beiden Freunde aus ihren klaren, tiefgrünen Augen an. Darin blitzte die alte Abenteuerlust auf. Tatsächlich schaffte sie es sogar, ein bisschen Optimismus und Zuversicht auszustrahlen.

»Stellt euch nur vor, wir sind keine Weltreisenden mehr, nein *Weltenreisende* sind wir geworden. Hierher, auf diese fremde Welt hat es uns verschlagen. Das ist nun mal so. Wie das geschah?«, sie zuckte mit ihren Schultern. »Keine Ahnung, ist auch nicht so wichtig! Wir sind jetzt hier, und es müsste mit dem Teufel zugehen, wenn es nicht auch einen Weg zurückgeben sollte! Noch ist nicht aller Tage Abend, und viele Wege führen nach Rom. Und soll der Krug auch so lange zum Brunnen gehen, bis er bricht, wir brechen nicht ... äh, und nun fangt euch, Männer, denn mir gehen die dummen Sprichwörter aus!«

»Wohl gesprochen, teure Sheila!«, antwortete Taylor Harris schmunzelnd. Dabei schlug er sich mit der geballten Faust in die linke Handfläche.

»Das ist das wohl irrste Abenteuer, das wir wahrscheinlich je erleben werden. Und wir werden zur Erde zurückkommen, so wahr ich Taylor Harris, der 3. bin!«, bekräftigte er. Er stutzte kurz nach seinen letzten Worten.

»Ja tatsächlich ...«, gab er dann mit überrascht- nachdenklichem Gesicht von sich, »... irgendwie ist das eine Art Gefühl in mir ... so, als wüsste ich mit Sicherheit, dass wir wieder den Weg zurück nach Hause finden werden. Seltsam ...«

Auch Mike Iron hatte sich wieder gefangen. Ihm war der Gefühlsausbruch von eben schon fast peinlich. Und, für ihn ebenso unglaublich, wie für seinen Freund Taylor, auch er verspürte plötzlich diese innere Gewissheit darüber, dass sie ihr gemeinsamer Weg wieder zurück auf die Erde führen würde.

Er wollte sich eben seinen Gefährten mitteilen, da flammte schlagartig und unerwartet die Deckenbeleuchtung im dem Gebäude auf. Gleichzeitig konnte Sheila, die als einzige der drei ein Zellenfenster nach außen hatte, Geräusche von dort wahrnehmen, die sie sofort alarmierten und in Aufregung versetzte: sie hörte

Schritte!

»Was ist denn jetzt auf einmal los?«, fragte Taylor gerade seine beiden Freunde, während er sich noch verblüfft umschaute.

»Draußen tut sich was, Männer!«, meldete sich Sheila hastig zu Wort. Sie sprach leise weiter: »Ich glaube, es kommt jemand!«

»Na, dann werden wir ja vielleicht gleich ein paar Antworten auf unsere Fragen bekommen - so oder so!«, flüsterte Mike seinen Gefährten zu.

Unwillkürlich hatte er seine Stimme gesenkt und sich vom Gitter zurückgezogen. Auch Taylor Harris und Sheila Armstrong traten in die jeweiligen Zellenmitten zurück, wobei Sheila ganz instinktiv versuchte, ihre Blöße zu bedecken.

Von außerhalb her konnten sie jetzt deutlich schwere Schritte hören, die sich über einen kiesigen Untergrund am Gebäude vorbei bewegten. Nur einige Wimpernschläge später vernahmen die drei Freunde Geräusche, wie sie entstanden, wenn eine schwere Holztür geöffnet wurde. Die Laute kamen von seitlich rechts hinten, also einer Stelle, die sie von ihrem Standpunkt aus nicht einsehen konnten.

Gleich darauf veränderte sich das Schrittgeräusch. Die unbekannte Person hatte das Gebäude betreten. Stiefelabsätze erzeugten harte, klackende Töne auf dem steinernen Untergrund des Baus. Langsam, ganz so, als wenn der Unbekannte ohne Eile seinem Ziel entgegen strebte, kamen die Geräusche näher.

Aufregung ergriff die Abenteurer. Gleich konnten sie ihren Gefängniswärter mit eigenen Augen sehen. Gleichzeitig machte sich Angst in ihnen breit. Angst darüber, welche Konsequenzen dieses Zusammentreffen für sie womöglich haben mochte.

Dann war es soweit. Sheila hielt fast den Atem an, als eine große, massige Gestalt an der leeren Zelle rechts von Mike die Gitter passierte, an ihren Unterkünften vorbei ging, um dann in den Abschnitt des Gebäudes einzubiegen, der direkt vor den Sicherheitsunterkünften lag.

Als Taylor, Sheila und Mike realisierten, welcher Anblick sich da ihren Augen bot, schien ihr Herzschlag für eine Sekunde aussetzen zu wollen. Ihr Verstand weigerte sich zu glauben, was die Augen der Amerikaner wahrnahmen, ließ sie ein überraschtes, erschrecktes Keuchen ausstoßen.

Die riesenhafte Gestalt, welche da gerade langsam an ihnen vorbeischritt, konnte man auf den ersten Blick durchaus als Humanoid bezeichnen. Aber dann gingen die Unterschiede auch schon los.

»Conan!«, stieß Mike Iron zischend aus und griff sich fassungslos an den Kopf.

»Und das in Lila«, ergänzte Taylor, nicht minder baff als sein bester Freund.

Sheila beließ es bei ungläubigem Staunen, was in ihren weit aufgerissenen Augen und herunter hängender Kinnlade optisch äußerst deutlich zum Ausdruck kam.

Und in der Tat, die Gestalt vor ihnen glich auf dem ersten Blick einem terranischen Mann, dessen größtes Hobby das Bodybuilding sein musste: Mindestens zwei Meter groß, hünenhaft und sehr athletisch gebaut, eine ausgeprägte und fein modellierte Brustpartie, Muskel bepackte Oberarme, ein perfekter Waschbrettbauch, Schenkel, dick wie Baumstämme und einen geradezu klassisch geformten Po.

Die Radlerhosen nicht unähnliche Beinbekleidung offenbarte ein sehr männlich-ansprechendes ›Paket‹ zwischen den Beinen, was nahe legte, dass hier die primären Geschlechtsmerkmale ähnlich wie bei einem irdischen Mann ausgeprägt waren.

Als weitere Kleidungsstücke stachen nur zwei breite, kreuzähnlich verschränkte Schärpen hervor, versehen mit zahllosen Taschen. Auf der Erde hätten die Vertreter beiderlei Geschlechts die bisher aufgezählten körperlichen Attribute wohl mit Freude und Wohlwollen aufgenommen. Doch hier endete aber auch die Gemeinsamkeit mit einem Menschen.

Der Hüne besaß eine tief violette Hautfarbe. Seitlich am Kopf waren jeweils zwei leicht gegeneinander versetzte, kleine Ohrmuscheln zu erkennen.

Im Gesicht beeindruckten die Augen, denn sie besaßen kreuzförmig geschlitzte, intensiv bernsteinfarbene Pupillen in weißen Augäpfeln.

Die Nase war breit, wirkte negroid und wies, im Gegensatz zum menschlichen Pendant, anstatt zwei nur ein schmales Loch auf. Darunter befand sich ein breitlippiger Mund, mit vollen, fast schwarz wirkenden Lippen. Der Fremde hatte sie nicht vollständig geschlossen und erlaubte so einen Blick auf hellgrüne Zahnreihen.

Die Kopfpartie des Wesens zeigte sich über und über mit sanften Beulen bedeckt, aus denen jeweils ein dickes Haar spross, wobei die Farbe der einzelnen Stränge zwischen Orange und Rot changierten. Sie reichten der beeindruckenden Gestalt bis hinunter zur Hüfte, von einem elastischen, schwarzen Band wie bei einem Pferdeschwanz zusammengehalten.

Zwischen den breiten Schärpen hindurch konnten die Menschen außerdem erkennen, dass auf Brust und Rücken mehrere handflächengroße Stellen dicht mit einem ebenfalls roten, filzig wirkenden Haarbewuchs versehen waren.

Und, als wäre dem Fremdartigen noch nicht genug, die schöpfkellengroßen Hände besaßen jeweils sieben Finger, wobei der kleine siebte Finger hakenförmig gekrümmt schien und einen scharfkantigen Nagel besaß. Dieser konnte mit Sicherheit gefährlich werden, wenn man ihn ungeschickt zu spüren bekam.

Die unheimliche Gestalt blieb vor dem Zellenblock stehen und musterte die drei

Menschen der Reihe nach. Diese wagten kaum zu atmen, und ihre Herzen klopften so wild, dass jeder der drei insgeheim die Befürchtung hegte, es würde ihnen gleich aus der Brust springen.

Als der Blick des Fremden auf Taylor Harris ruhte, wagte dieser nicht, sich zu rühren. Der seltsame Blick aus den bernsteinfarbenen Kreuzschlitzaugen schien den Milliardär aus New York regelrecht zu vermessen. Eine dunkelviolette, an der Spitze andeutungsweise gespaltene Zunge erschien zwischen den Lippen des Violetten. Er leckte sich kurz über die Unterlippe, dann wandte er sich ab und strebte dem Bereich mit dem Schreibtisch zu.

»Wirklich geiler Arsch!«, entfuhr es Taylor, während er dem Fremden durch die Gitterstäbe hindurch nachstarrte.

»Das darf ja wohl nicht wahr sein!«, entrüstete sich Sheila in ihrer Zelle links von dem Milliardär.

»Ein lila Mr. Universum hält uns hier gefangen, und du hast nicht besseres zu tun, als ihm auf den Arsch zu starren?«

»Entschuldige Sheila«, verteidigte sich Taylor mit rotem Kopf. »Aber du sagt doch selbst immer wieder, dass wir versuchen sollen, auch den schlechten Situationen etwas Positives abzugewinnen.«

»Männer!«, fauchte die junge Frau Kopfschüttelnd. »Ihr kommt wirklich vom Mars! Und wenn noch tausend Jahre vergehen, ich werde euch nie völlig verstehen!«

Taylor enthielt sich auf diese Bemerkung hin jeglichen Kommentars, konnte sich aber ein Grinsen nicht vollständig verkneifen. Deshalb wandte er seine Aufmerksamkeit rasch wieder dem imposanten Ankömmling entgegen.

Der Fremde hatte sich zwischenzeitlich in den Sessel hinter dem schreibtischähnlichen Gebilde fallen lassen, das dem Zellenblock mit den drei Menschen darin gegenüber stand. Ab und zu warf er einen Blick zu ihnen herüber, vertiefte sich dann aber wieder in irgendwelche Papiere oder in etwas, was wie ein Computermonitor aussah.

»Wenn er doch nur irgendwas zu uns gesagt hätte!«, sagte Mike verdrossen. »Ich wäre ja schon mit einem ›Hallo, wie geht es Ihnen‹ zufrieden gewesen.«

»Lieber Mike, ich glaube kaum, dass der nette Herr in lila Englisch spricht!«, gab Sheila mit leicht spöttischem Ton zu bedenken.

»Auch wieder wahr!«, akzeptierte der ehemalige Bodyguard den Einwand. Er räusperte sich kurz.

»He Hallo?«, rief er dann trotzdem zu dem Fremden hinüber.

Sheila hob erstaunt ihre Augenbraue und starrte Mike durch die Gitterstäbe hindurch fragend an.

»Ich dachte mir, ein Versuch kann nicht schaden«, erklärte der Bodyguard schulterzuckend, mit einem raschen Seitenblick auf die Freunde.

»Hallo Sie da!«, rief er erneut in Richtung des Schreibtisches. »Können sie uns denn nicht erklären, was hier los ist, und wo wir uns hier befinden? Warum sind wir eingesperrt worden? Und wo sind unsere Klam ... äh, unsere Kleidungsstücke?«

Der lila Muskelmann hinter seinem Schreibtisch hob seinen Kopf und blickte aufmerksam in Richtung der drei belegten Zellen. Es wirkte auf die Menschen, wie wenn jemand nachdenklich auf eine Sache schaut, um sich einen Reim darauf zu machen. Allerdings, es handelte sich nicht um einen Erdbewohner, daher konnte man sich in der Deutung der Physiognomie auch sehr täuschen, mochte die Ähnlichkeit zu einem menschlichen Gesicht auch groß sein. Nach einigen Momenten wandte der Hüne seinen Blick ab und vertiefte sich wieder in seine Schreibarbeiten, oder was immer er auch dort an dem Pult trieb.

Enttäuscht ließ Mike seine Schultern hängen und schlich wie ein geprügelter Hund zu seiner Zellenpritsche, wo er sich auf deren vorderen Kante niederließ.

»So kommen wir also an keine Information heran!«, brummelte er mit düsterem Blick vor sich hin.

Er seufzte tief, und begann dann, mit Taylor und Sheila im Flüsterton zu beratschlagen, was sie anstellen konnten, um ihre zu Recht als prekär bezeichenbare Situation zu ändern, womöglich sogar zu verbessern. Dabei kamen sie jedoch auf keinen grünen Zweig, geschweige denn auf eine Lösung, die sich in irgendeiner Form als praktikabel erwiesen hätte.

Im Verlauf der Diskussion reifte in Sheilas Kopf jedoch ein Plan heran, welcher ihr mehr und mehr als einziger Ausweg, als Strohhalm in der Not erschien. Und als sich ihre Gespräche ein weiteres Mal im Kreise zu drehen begannen, fasste die schlanke, löwenmähnige Frau den Entschluss, eben diesen Plan in die Tat umzusetzen.

»Hört mal, ihr beiden«, begann sie zögerlich zu sprechen. »Mir ist da eine Idee gekommen. Also ... ich möchte da mal etwas ausprobieren, und ich sage euch gleich, dass ihr mich nicht mit keinem Argument davon abbringen könnt!«

Sie hatte ihre Hände in die schlanke Taille gestemmt und funkelte die beiden Männer trotzig aus ihren grünen Augen an. Mike und Taylor warfen sich einen verblüfften Blick zu.

»Schön und gut, Sheila, aber wäre es nicht wenigstens sinnvoll, uns zu verraten, von *was* wir dich nicht abbringen können?«, erkundigte sich Taylor dann mit gerunzelter Stirn.

»Wie? Oh! Wie dumm von mir!«

Sheila lachte schrill und strich sich nervös eine Locke aus ihrer Stirn, klares Zeichen für ihre große, innere Anspannung.

»Ich habe mich entschlossen, meine weiblichen Reize einzusetzen, um so vielleicht an Informationen oder Hinweise zu kommen, die uns weiterhelfen könnten. Wenn ihr versteht, was ich meine!«

Erwartungsvoll schaute sie ihren Freunden in die Augen, doch die beiden sagten erst einmal überhaupt nichts. Stattdessen starrten Mike und Taylor die irisch stämmige New Yorkerin an, als hätte sie soeben auch eine violette Hautfarbe angenommen. Nach einigen Momenten wurde Sheila das erstarrte Schweigen der beiden Männer doch ein wenig unangenehm.

»Was ist denn? Sagt doch endlich was!«, forderte sie ihre Gefährten ungeduldig auf.

»Das … das ist aber jetzt nicht dein Ernst, oder?«, wollte Mike stockend von der Freundin wissen.

Taylor schüttelte fassungslos seinen Kopf, seufzte tief und warf dann seinem ehemaligen Lebensgefährten einen betrübten Blick zu.

»Mike, du solltest Sheila eigentlich gut genug kennen, um zu wissen, dass es ihr voller Ernst ist, was sie da eben beklopptes von sich gegeben hat!«

Und zu Sheila gewandt meinte er: »Du weißt aber schon, worauf du dich da möglicherweise einlässt?«

»Ich weiß es! Oh ja, du kannst mir glauben, ich weiß es nur zu gut!«, antwortete sie ernst und schluckte ein paar Mal trocken, um den Kloß, der sich in ihrer Kehle gebildet hatte, zu beseitigen. »Aber ich sehe im Moment wirklich keinen anderen Ausweg, um aus dieser verfahrenen Situation heraus zu kommen. Oder fällt dir was besseres ein?«

Taylor setzte ein paar Mal kurz an, um irgendetwas zu sagen, Sheila von ihrem in seinen Augen wahnwitzigen Plan abzubringen. Doch es kamen ihm einfach keine vernünftigen Gegenargumente in den Sinn. Ihre Situation war viel zu prekär. Also schwieg er und nickte ihr nur schweren Herzens zu.

»Na dann … ran an den Feind!« Sheila atmete noch einige Male tief durch und fuhr sich ein paar Mal mit den Fingern durch ihre rote Mähne, um ihre Haarpracht besser zur Geltung zu bringen.

Dann trat sie entschlossen und mit wild klopfenden Herzen nach vorne an die Gitterstäbe und begann damit, durch eindeutige Blicke, Posen und Gesten den violetten Hünen auf sich aufmerksam zu machen. Dabei beobachtete sie seine Reaktionen ganz genau.

Doch so vorteilhaft und anzüglich sie sich ihm auch präsentierte, mehr als ein kurzes Anheben des Kopfes oder ein paar flüchtige Blicke konnte sie bei dem

Fremden nicht erreichen.

Stattdessen registrierte sie erstaunt, dass dessen seltsame, kreuzweise geschlitzte Bernsteinaugen immer wieder zu den Zellen mit den beiden Männern hinüber wanderten. Vor allem an der schlanken, athletisch-sehnigen Figur des blonden, kurzhaarigen, gut aussehenden Taylor M. Harris blieb sein Blick mehrmals taxierend hängen.

Irgendwann ging der Event-Managerin schließlich ein Licht auf, und sie stellte ihre Bemühungen, den Fremden zu becircen, ein.

»Jungs …«, sagte sie sodann mit resigniert klingender Stimme, »Der Kerl ist nicht an mir interessiert!«

»Und das ist doch jetzt hoffentlich kein Schlag für dein Selbstbewusstsein?«, versuchte es Mike Iron mit einem Anflug von Galgenhumor.

»Aber ganz und gar nicht!«, entgegnete Sheila resolut und funkelte ihn belustigt mit ihren grünen Augen an. »Sein offensichtliches Desinteresse an mir liegt einzig und allein in der Tatsache begründet, dass der lila Kerl wohl eher auf Jungs als auf Mädchen steht!«

»Wie?«

Mike war sich nicht sicher, ob er richtig gehört hatte, doch dem Gesicht der langjährigen Freundin konnte er entnehmen, dass sie ihre Worte durchaus ernst meinte.

»Wie mir scheint, hat es ihm vor allem die knackige Figur unseres allseits geschätzten Firmenführers Taylor angetan«, ergänzte die junge Frau und konnte sich dabei einen leicht schadenfrohen Unterton nicht vermeiden. »Du hättest dich womöglich besser zurückgehalten mit den Lobpreisungen des drallen Hinterteils von diesem Kerl. Vielleicht war es ihm doch möglich, zu verstehen, wie du da deiner Begeisterung für gewisse anatomische Vorzüge freien Lauf gelassen hast!«

Taylor Harris war seltsam ruhig geworden, als ihm klar wurde, was Sheila da mit erkennenbarer Schadenfreude, begründet in großer Erleichterung, in die Runde warf.

Er verlor etwas von seiner gesunden Gesichtsfarbe, außerdem meinte er, seine Knie würden gleich zu Pudding mutieren. Doch dann gab er sich einen Ruck und schaute abwechselnd von Mike zu Sheila und wieder retour.

»Dann will ich *mich* mal jetzt für uns opfern!« Seine Stimme klang etwas belegt, als er diese Worte bedächtig aussprach. »Sheila war schließlich bereit, für uns drei bis zum Äußersten zu gehen. Ich müsste mich einen dreckigen Feigling schimpfen lassen, wenn ich hinter dieser heroischen Absicht zurückstünde!«

»Du wirst doch nicht mit dem Kerl …?«, versuchte Mike einen schwachen Einwand.

Aber Taylor winkte nur ab.

»Lass gut sein, Mike. Du weist, wir haben kaum andere Möglichkeiten, Licht in die Sache zu bringen. Wer weiß, wann diese ungemütlichen Stachelkugeln wieder auftauchen!« Er atmete noch einmal tief durch, dann nickte er entschlossen. »So, Leute, auf ins Gefecht, der Jägermeister ruft – oder wie dieser Spruch heißen mag!«

Also trat Taylor an die Gitterstäbe seiner Zelle nach vorne und versuchte seinerseits, die Aufmerksamkeit des lila Riesen für sich zu gewinnen. Nach Sheilas treffender Analyse ihrer Situation überraschte es ihn nicht wirklich, dass ihm dies bei dem Fremden recht schnell gelang.

Die bernsteingelben Augen hefteten sich auf den Firmenmagnat, und der konnte das deutliche Interesse ihres Wächters an ihm förmlich spüren. Nach einigen Augenblicken erhob sich der violettfarbene Muskelmann, trat vor das schreibtischähnliche Möbelstück, wo er jedoch für einen Moment lang, unschlüssig wie es schien, stehen blieb. Taylor befürchtete schon, dass es das jetzt bereits gewesen wäre, der Hüne zu mehr nicht bereit sei.

Doch gleich darauf kam die exotisch anmutende Gestalt auf die Zellen zu und steckt davor ein buntes Kristallstäbchen in eine kaum sichtbare Öffnung im Boden. Unmittelbar darauf versanken einige der vorderen Gitterstäbe von Taylors Zelle lautlos vor ihm im Boden.

Langsam und zögernd trat der abenteuerlustige Amerikaner auf den breiten Gang davor hinaus. Er warf noch einen kurzen Blick zurück über die Schulter zu seinen Gefährten, dann bewegte er sich entschlossen, aber ohne Hast auf die massige, maskuline und sehr muskulöse Gestalt des Unbekannten zu.

Dieser schenkte ihm so etwas wie ein breites Grinsen, und es schien Taylor irgendwie beruhigend zu sein, dass der Violette einen wohlwollenden und freundlichen Eindruck auf ihn machte.

Als der blonde Mann ihn erreicht hatte, legte ihm der Wächter einen seiner muskelbepackten Arme um die Schulter und zog ihn mit sanftem Nachdruck mit sich. Es ging um den Schreibtisch herum hinter eine Wand, wo sich offensichtlich weitere Räume des Gebäudes befanden. Sheila und Mike konnten noch einen kurzen Moment lang das Geräusch von sich entfernenden Schritten ausmachen, dann kehrte Ruhe in den Zellenblock ein.

Für die beiden zurückgebliebenen Freunde begann nun ein Nerven aufreibendes, zermürbendes Warten, ohne zu wissen, was am Ende dieser Warterei stehen würde. Sheila und Mike hofften, dass es Taylor sein würde, der ihnen darauf eine Antwort gab. Besser gesagt, sie hofften inständig, dass er noch in der Lage wäre, überhaupt irgendetwas zu ihnen zu sagen.

Langsam, unendlich langsam, tropften die Minuten dahin, nahm die quälende Ungewissheit ihren Lauf.

*****

Mike Iron schlich wie ein eingesperrtes Raubtier in seinem Gefängnis hin und her. Es kam ihm wie eine Ewigkeit vor, seit sein Freund und ehemaliger Lebensgefährte Taylor M. Harris zusammen mit dem seltsamen Fremden in den unbekannten Tiefen des Gebäudes verschwunden war, in welchem man sie zusammen mit ihrer langjährigen Freundin Sheila Armstrong aus immer noch unbekannten Gründen gefangen hielt.

Verschlimmert wurde die Ungewissheit der Situation noch dadurch, dass man ihnen außer der Freiheit auch noch ihre Kleidung und die gesamte Ausrüstung abgenommen hatte. Denn ohne Uhr ließ sich die bereits verstrichene Zeitspanne noch schwerer abschätzen. Jedenfalls schien es Mike, als wären bereits Stunden verstrichen, obwohl ihm sein Verstand sagte, dass nicht mehr als eine solche vergangen sein konnte.

Hoffentlich gelang es Taylor wenigstens, an die erwünschten Informationen zu kommen. Denn die kleine Gruppe aus Abenteurern wusste eigentlich gar nichts – außer, dass sie wohl, wie auch immer, auf einem fremden Planeten in einem binären System gelandet waren. Deswegen versuchte Taylor, das deutliche Interesse des violetten Hünen an sich für sich und seine Freunde auszunutzen, um so vielleicht herauszufinden, wo sie sich befanden und was man mit Ihnen vorhatte. Vielleicht gelang es ihm ja sogar, sich den Schlüssel zu den Zellen zu verschaffen.

Und doch widerstrebte es Mike, dass Taylor mit den Fremden verschwand. Immerhin verband die beiden Männer mehr als nur eine reine Freundschaft. Schließlich hatten sie eine gewisse Zeitspanne lang ihr Leben miteinander geteilt.

In seiner Vorstellungskraft malte sich der im amerikanischen Chicago geborene Bodyguard die schrecklichsten Dinge aus, die die unheimliche Gestalt mit dem Freund anstellen würde. Das nagte gewaltig an seinem Nervenkostüm.

Mit jeder weiteren, verstreichenden Minute, wurde Mike deswegen unruhiger und besorgter. Er rüttelte zum wiederholten Mal an den metallenen Stäben seiner Zelle, doch natürlich gaben diese diesen verzweifelten Bemühungen nicht nach. Mike stieß ein wütendes Knurren aus und wandte sich dann abrupt und mit einem tiefen Seufzer ab, nur um sofort seine unruhige Wanderung wieder aufzunehmen.

Er warf einen Blick in die übernächste Nachbarzelle zu seiner linken. Dort saß Sheila in sich zusammengesunken auf der schmalen, harten Pritsche, die als Bett

75

diente.

Sie hatte eine dünne, grau gefärbte Decke um ihren nackten Körper geschlungen und döste so im Halbschlaf vor sich hin. Draußen war es mittlerweile längst dunkel geworden, das seltsame, orangerot-weiße Licht des Doppelsterns der Finsternis der Nacht gewichen. Mike konnte durch das vergitterte Fenster in der steinernen Wand hinter Sheilas Rücken einen einzelnen, hellen Stern ausmachen. Mehr war von seinem Standpunkt aus nicht zu erkennen, denn dafür war es im Inneren des Gebäudes, trotz des eher trüb-orangefarbenen Lichtes, welches mehrere Beleuchtungskörper an Decken und Wänden spendeten, viel zu hell.

Mike setzte sich nun ebenfalls auf seine Pritsche und versuchte verzweifelt, sich auf andere Gedanken zu bringen. Doch egal was er auch anstellte, es führte immer wieder zu Taylor und dem Fremden zurück. Die Warterei begann den New Yorker Bodyguard fast wahnsinnig zu machen. Etwas tun zu wollen und es nicht zu können, das zehrte zunehmend an seinen Nerven, die doch sonst so unerschütterlich zu sein schienen. Er ertappte sich dabei, wie er zum wohl tausendsten Mal auf sein linkes Handgelenk starrte, genau dorthin, wo sich normalerweise seine Uhr befand.

»Scheiße!«, fluchte Mike verärgert über sich selbst, und sprang auf. »Scheiße, Scheiße, Scheiße!«

Sheila, von Mikes verbalem Ausbruch aus ihrem unruhigen Halbschlaf heraus gerissen, schreckte verstört hoch.

»Was ist denn los, Mike? Ist was passiert?«, fragte sie mit kleinen, müde aussehenden Augen.

All die Aufregung und auch die erhöhte Schwerkraft des fremden Planeten, auf dem sie sich, zwischenzeitlich ohne jeden Zweifel darüber, befanden, zollte ihren Tribut an die schlanke Frau.

»Was los ist?«, fragte Mike erregt und trat an das Gitter zu Sheilas Zelle hin. Mit beiden Pranken ergriff er die kalten Gitterstäbe, als wolle er versuchen, diese mit eigener Kraft auseinanderzubiegen.

»Taylor ist immer noch mit diesem lilafarbenen Conan- Verschnitt verschwunden!«, rief er erregt. »Ich verstehe nicht, wie du bei dem Gedanken daran auch nur eine Minute schlafen kannst!«, fügte er dann noch vorwurfsvoll hinzu.

»Ich mache mir mindestens genauso viel Sorgen um Taylor wie du!«, gab die Gescholtene leicht verärgert zurück.

»Ach ja?«

Mikes Stimme bekam einen höhnischen Unterton. »Das kannst du aber ganz gut verbergen!«

Die Äußerung war für die junge Frau dann doch zu viel. Sie warf die Decke von ihren Schultern und sprang auf. Die Fäuste drohend in die Höhe gereckt, kam sie mit zornig blitzenden Augen auf die Gitterstäbe ihrer Zelle zu.

»Du hast Glück, dass hier Gitter sind, mein Freund! Denn sonst würde ich dir jetzt eine Ohrfeige verpassen, die sich gewaschen hat!«, sagte sie mit schneidend scharfer Stimme zu ihm. »Du kennst mich lange genug, um zu wissen, was ich für Taylor empfinde. Er ist wie ein großer Bruder für mich!«

»Aber ...«

»Ach sei still!«, fauchte Sheila und ließ ihren Zorn über den ungerechtfertigten Vorwurf Mikes freien Lauf. »Soll ich statt dessen wie du in meiner Zelle auf und ab wandern, als brenne mir der Hintern? Oder dauernd unverständliches Zeug vor mich hinbrabbeln, während ich auf eine Uhr starre, die gar nicht vorhanden ist?«

Sie hatte sich jetzt dicht am Gitter aufgebaut, und ihr linker Zeigefinger stach wie ein Messer durch die Luft, so dass Mike unwillkürlich einen Schritt zurück machte, obwohl sich zwischen ihm und Sheila noch Taylors leere Zelle befand.

»Wir sind eingesperrt, lieber Freund!«, schimpfte sie weiter.

»Falls du das noch nicht bemerkt haben solltest!«, fügte sie mit leicht ätzendem Spott hinzu. »Wir können gar nichts anderes machen, als abzuwarten, den Dingen ihren Lauf zu lassen. Sieh dich doch um: Hier kommen wir alleine nicht raus!«

Sheila machte mit dem Arm eine umfassende Geste, während sie sich mit der anderen Hand Haarsträhnen aus ihrem Gesicht strich.

»Natürlich mache ich mir schreckliche Sorgen um Taylor!«, fuhr sie nach einem kurzen Moment des Schweigens leise fort. »Entsetzliche Sorgen sogar. Aber ich bin Realistin. Und als Realistin sage ich mir, dass ich die Zeit bis zu seiner Rückkehr sinnvoll nutzen sollte. Ausruhen, etwas essen, etwas trinken – das ist eine sinnvolle Tätigkeit. Denn egal, ob Taylor Erfolg hat, oder nicht, wir sollten zusehen, dass wir bei Kräften bleiben!«

Sheila senkte den Blick ihrer Augen, in denen es bei ihren letzten Worten verdächtig feucht geworden war. Mit hängendem Kopf schlich sie zu ihrer Pritsche zurück, auf die sie sich niederließ.

»So, ich habe gesagt, was es zu sagen gab. Jetzt mach mir von mir aus weiter Vorwürfe, wenn das alles ist, was dir in unserer Situation einfällt!«

Mike stand wie gelähmt da. Die Worte der Freundin hatten ihn wie eine eiskalte Dusche getroffen. In all seiner Sorge und Wut hatte er völlig außer Acht gelassen, dass er nicht alleine die letzten Stunden in Angst um Taylor verbrachte. So sehr auf sich selbst konzentriert, war das enge Verhältnis zwischen ihm, Taylor und Sheila total außen vor geblieben. Anstatt sich gegenseitig Halt zu geben machte er ausgerechnet der gemeinsamen Freundin völlig aus der Luft gegriffene Vorwürfe.

Mike kam sich mit einem Mal absolut gemein, gehässig, heuchlerisch und gefühllos vor.

»Autsch, das hat gesessen!«, sagte er deshalb leise, nach minutenlangem, betretenem Schweigen. »Entschuldige, Sheila!«, fuhr er dann zerknirscht fort. »Bitte entschuldige alles, was ich gesagt habe. Natürlich machst du dir genauso viel Sorgen um Taylor wie ich … Idiot!« Mike holte tief Luft und schüttelte seinen Kopf. »Selbstverständlich darfst du die angekündigte Ohrfeige bei der nächstbesten Gelegenheit nachholen. Ich habe sie weiß Gott mehr als verdient!« Er versuchte es mit einem aufmunternden Lächeln.

»So ist das leider jedes Mal wenn ich auf einem verdammten neuen Planeten lande! Ich muss mich da immer erst akklimatisieren.«

Entgegen ihrer eigentlichen Stimmung musste Sheila bei diesem ein wenig hilflosen Versuch, sich zu erklären, etwas schmunzeln.

»Ach Mike …«, meinte sie und seufzte dazu aus tiefsten Herzen. »Ich weiß doch, dass du es nicht böse gemeint hast. Dieses ›der-Situation-ausgeliefert-sein‹ macht uns doch allen zu schaffen.«

Erneut erhob sie sich und kam auf das trennende Gitter zwischen den Zellen zu. »Komm her, mein großer tapsiger Bär, und lass dich knuddeln. Und keine Widerrede – ich brauch das jetzt!«

Gehorsam erhob sich Mike und ging zu seiner Seite des Gitters. Dort standen sie dann, jeder für sich, und starrten einander über die leere Zelle, die sie ja nach wie vor voneinander trennte, hinweg verblüfft an. Schließlich brachen die Beiden in lautes, erleichterndes Gelächter aus.

Plötzlich ertönte von der rechten Seite, also der Zellenfront her, eine sehr bekannte Männerstimme.

»Tja, so ist das: kaum dreht man seinen Freunden den Rücken zu, fangen sie an, über einen zu lästern und zu lachen! Euch scheint es ja richtig gut zu gehen!«

Ruckartig wendeten sich die Gesichter von Sheila und Mike der Quelle der Worte zu.

»Taylor!«, riefen sie dann erleichtert und nahezu synchron aus. »Dem Himmel sei Dank!«

Auch diese Worte kamen gleichzeitig, was Taylor zu einem amüsierten Grinsen veranlasste.

»Sagt mal, habt ihr in der Zeit meiner Abwesenheit einen Zwei-Personen-Chor gegründet?«, fragte er leicht spöttisch.

»Mach dich nicht über uns lustig!«, erwiderte Mike ernst.

»Wir haben uns entsetzliche Sorgen um dich gemacht. Sheila hat sich schon das Schlimmste ausgemalt!«

»Was?«, rief Sheila entrüstet. »Wenn sich hier einer verrückt gemacht hat, dann doch du, Mike!«

Dann widmete sie ihre volle Aufmerksamkeit dem glücklichen Rückkehrer.

»Sag, wie ist es dir in den vergangenen Stunden ergangen, Taylor?«, fragte sie ihren langjährigen Freund neugierig und erlöst zugleich. »Was ist passiert, nachdem du mit dem lila Kerl verschwunden warst. Und ... wo hast du dieses Abgrundtief hässliche Hemd her?«

Letztere Frage bezog sich auf ein grob gewebtes Hemd von schmutzig brauner Farbe, welches Taylor bis auf die nackten Oberschenkel reichte. Es besaß einen langen, breiten und im Bogen nach außen geführten Kragen, sowie lange Ärmel, die er jedoch bis zum Ellenbogen beider Arme nach oben gekrempelt hatte.

»Das habe ich von Pikopiko bekommen. Und für Euch ...«, er reichte den beiden jeweils ein kleines Bündel Stoff zwischen den Gitterstäben der Zellen hindurch, »... gibt auch eines davon.«

»Pikopiko? Ist das etwa sein Name? Du hast dich also tatsächlich mit ihm unterhalten können?«, rief Mike überrascht aus.

Doch Taylor wedelte abwehrend mit seiner Hand.

»Nur nach dem Motto ›Du Tarzan, ich Jane‹«, sagte er mit Bedauern in der Stimme. »Mehr war leider nicht möglich. Das schien ihn aber wesentlich mehr überrascht zu haben, als mich. Was mir, im Nachhinein betrachtet, ein wenig verwunderlich erscheint. Wir kommen immerhin von einem anderen Planeten, und trotzdem schien er erwartet zu haben, unsere Sprache zu verstehen. Merkwürdig ...«

»Wer war denn die Jane bei euch beiden?«, erkundigte sich Mike ein wenig spitz, ohne auf Taylors nachdenklichen Worte einzugehen. Dabei gab sich der schwarzhaarige Bartträger alle Mühe, dabei betont lässig und ruhig zu wirken.

Taylor, antwortete nicht sofort, sondern räusperte sich zunächst, ein wenig verlegen, wie es schien.

»Ich möchte da eigentlich nicht ins erotische Detail gehen ...«, meinte er schließlich etwas gedehnt, »... aber ich glaube, wir sind beide bei diesem interplanetaren Austausch auf unsere Kosten gekommen. Körperlich, meine ich.«

Taylor Harris schwieg kurz und bekam einen versonnenen Gesichtsausdruck.

»Pikopiko ist der vollendete Liebhaber«, fuhr er dann fort.

»Einfühlsam, leidenschaftlich, dann wieder fast romantisch zärtlich, um im nächsten Moment ganz handfest zur Sache zu gehen. Insofern hat es sich gelohnt. Was Informationen angeht: Nada, Niente, Nothing, Nichts! Ich sage nur: Sprachbarriere.«

»Also, ich weiß jetzt nicht, ob ich eifersüchtig oder neidisch sein soll!«, ließ sich

Mike leise vernehmen.

»Das ist doch nebensächlich!«, sagte Sheila. »Sag uns lieber, ob du einen Weg oder eine Möglichkeit entdecken konntest, wie wir hier herauskommen, Taylor!«

Doch der blonde Milliardär schüttelte nur bedauernd seinen Kopf.

»Leider nicht Sheila. Es gibt wohl so etwas wie Schlüssel, mit denen man verschiedene Dinge, so auch die Zellen, aktivieren oder deaktivieren kann. Dabei handelt es sich offensichtlich um farbige, sechseckig geformte Kristallstäbchen. Pikopiko hat einen ganzen Bund davon. Doch sowie er sie zur Seite gelegt hatte, wurden sie farblos, und damit wahrscheinlich auch inaktiv.«

Er zuckte in hilfloser Geste mit seinen Schultern.

»Zudem wüsste ich ja auch nicht, welches das Richtige gewesen wäre. Ich denke, die Farbe der Kristalle spielt dabei eine wichtige Rolle. Und ich vermute mal, das ich mit den farblosen Stäbchen die Zellen auch gar nicht hätte öffnen können.«

»Deine Vermutung ist durchaus richtig, Taylormharris«, erscholl da eine sonore, dunkel gefärbte Männerstimme hinter dem Rücken des New Yorker Milliardärs.

Erschrocken wendeten sich die drei Abenteurer der Stimme zu. Es war ihr hünenhafter Wächter, von Taylor Pikopiko genannt, der unbemerkt bis dicht hinter den Milliardär herangetreten war, und diese Worte in nahezu reinem Englisch von sich gegeben hatte.

»Was …?«, ächzte Mike mehr oder weniger sprachlos.

»Du …du sprichst doch unsere Sprache?«, führte Sheila nicht minder überrascht die angefangene Frage ihres vollbärtigen Freundes aus. »Taylor hat uns gerade noch erklärt, dass ihr über einen Namensaustausch nicht hinaus gekommen seid!«

Die exotische Gestalt setze eine entschuldigende Miene auf, die frappante Ähnlichkeit mit der entsprechenden irdischen Mimik hatte. Dabei entblößte er seine smaragdgrün glänzenden Zahnreihen zu dem Äquivalent eines milden Lächelns, was ihn auch in den Augen Sheilas und Mikes um einiges sympathischer erscheinen ließ.

»Ja, zunächst war dies auch so der Fall«, bestätigte der Fremde. »Ich verstehe auch nicht, warum der Linguator so lange dafür benötigt hat, eure Sprache ins Quotram zu übersetzen. So etwas ist mir noch nie vorgekommen. Eigentlich sind diese kleinen Technikwunder hervorragend programmiert.«

Die drei Menschen starrten die violette Erscheinung vor ihnen an wie einen Geist.

»Linguator?« Mikes Gesicht war eine einzige Frage.

»Quotram!«, fügte Taylor in einem solch feststellenden Ton hinzu, der jedem menschlichen Gesprächspartner sofort klar gemacht hätte, dass der Sprecher rein gar nichts verstanden hatte.

Sheilas Reaktion war die kürzeste und einfachste von allen: »Hä?«

Nun schien seinerseits Pikopiko sehr verblüfft darüber zu sein, dass die drei Anwesenden offensichtlich absolut keine Ahnung hatten, wovon er soeben sprach.

»Universalübersetzer?«, versuchte er es deshalb mit einer anderen Erklärung. »Und Quotram, die Verkehrssprache im ganzen Quintarium?«

Aber seine Worte trugen nichts zur geistigen Erhellung seiner drei unfreiwilligen Gäste bei. Im Gegenteil, sie schienen eher noch verwirrter zu sein, als zuvor.

Der Violette kratzte sich in einer weiteren, sehr menschlichen Geste an seinem Hinterkopf, wo aus diversen, sanft geformten Ausbeulungen seines Schädels die seltsamen, bis zu 2 Millimeter dicken, intensiv rot- bis orangefarbenen Haare sprossen.

»Von was für einem kraxalen Planeten stammt ihr denn, wenn ihr nicht mal die einfachsten Dinge von der Welt wisst?«, wollte er dann von den drei Abenteurern wissen.

Er ließ den Blick seiner kreuzförmig geschlitzten, intensiv bernsteinfarbenen Pupillen von einem zum anderen und wieder zurückwandern. Auf Taylor M. Harris ruhten seine Augen dann zuletzt.

»Äh …von der Erde?«, antwortete dieser zögernd, wobei er das unbestimmte Gefühl hatte, dass dem Muskelmann der Name seiner Heimatwelt kein Begriff sein würde.

»Ich verstehe nicht?«, kam es auch prompt von dem Hünen als Reaktion zurück.

»Na, die Erde!«, sagte nun Mike mit fester Stimme. »Der blaue Planet. Terra??«

Pikopiko schüttelte seinen Kopf, so dass seine dicken rötlichen Haare nur so herum schlenkerten. Was einiges hieß, reichten sie ihm doch fast bis zur Hüfte.

»Nie gehört. Muss eine Welt in extremer Randlage sein. Oder wurde euer Heimatsystem erst vor kurzem dem Quintarium eingegliedert?«

Doch natürlich erntete er nur weitere verständnislose Blicke von den drei Menschen. Der Hüne seufzte vernehmlich.

»Eure Unwissenheit ist mir ein Rätsel. Aber so kommen wir wohl nicht weiter!«, meinte er dann.

Er zog einige der von Taylor erwähnten farbigen Kristallstäbchen aus der Tasche seiner kurzen Beinbekleidung, die frappant an eng anliegende Radlerhosen erinnerte, und trat an die Zellen heran. Anschließend führte er die stabförmigen Kristalle in dafür vorgesehene Öffnungen am Boden ein. Zuerst an Sheilas, dann an Mikes Zelle. Sofort versank jeweils die gesamte, vordere Front der Gitterstäbe lautlos im Boden, und blieb dort dauerhaft verschwunden. Pikopiko machte daraufhin eine einladende Geste.

»Ich möchte mich mit euch seltsamen Leuten ein wenig näher unterhalten!«, sagte er, während Mike und Sheila sich die hässlichen Hemden überstreiften, die ihnen

Taylor zuvor gereicht hatte. »Kommt mit in meinen Wohnbereich, da ist es gemütlicher!«

Er wandte den drei den Rücken zu und ging voraus.

»Ach ja!«, rief er noch über seine Schulter zurück, ohne sich dabei jedoch umzudrehen. »Ihr braucht gar nicht erst versuchen, zu fliehen. Erstens sind die Türen zur Wachstation sensotronisch verriegelt, und zweitens wüsstet ihr wahrscheinlich sowieso nicht, wohin ihr fliehen solltet! Die Quintarische Garde hätte euch schnell wieder eingefangen.«

So trabten die drei Menschen mit leicht säuerlichem Gesicht hinter ihrem Wächter her, wobei sie überlegten, was es wohl mit der ominösen Garde, die ihr Wächter erwähnte, auf sich hatte.

Pikopiko führte die drei Freunde in einen kleinen, separaten Raum, den Taylor schon kannte. Dort lagen eine Unmenge riesiger Kissen auf dem Boden. Außerdem standen einige mit lederartigem Material überzogene Polsterhocker und Sessel in verschiedenen Ecken. An einer Wand hing eine große Bildfläche. Außerdem gab es das jetzt dunkle Viereck eines Fensters. Farblich lagen Raum und Einrichtung zwischen warmen Braun- und etwas helleren Orangetönen. Es wurde einem sofort das Gefühl vermittelt, dass man es sich hier durchaus sehr gemütlich machen konnte.

Pikopiko wies seine unfreiwilligen Gäste an, sich zu setzen. Er selbst verließ noch einmal kurz den Raum durch ein weitere Tür, die, wie Taylor wusste, zu einem Gang führte, vom dem aus man in eine Art Küche, einen Hygieneraum und das Schlafzimmer des Hünen gelangte.

Dieser kehrte gleich darauf mit einer dunklen, bauchigen Flasche, vier metallisch schimmernden Bechern und einem kleinen, handflächengroßen Gerät, das einem Palmtop irdischer Fertigung verblüffend ähnlich sah, zurück. Der Wächter stellte Flasche und Becher auf einem der niedrigen Polsterhocker ab. Anschließend richtete er das Gerät auf die drei Menschen aus und nahm einige Einstellungen vor.

»Was machst du da?«, erkundigte sich Taylor daraufhin ein wenig misstrauisch.

»Keine Sorge!«, beruhigte ihn Pikopiko. »Das ist nur ein biologischer Analysierer. Ich will euch schließlich nicht mit einem für mich köstlichen Getränk unbeabsichtigt vergiften. Schließlich seid ihr Fremdweltler!«

Er lachte dröhnend, während er die Messwerte des Analysegerätes ablas. Abrupt verstummte sein Lachen jedoch schon nach wenigen Sekunden.

»Beim grellen Frell!«, entfuhr es ihm überrascht. »Das kann doch niemals richtig sein!«

»Stimmt etwas nicht?«, wollte Sheila beunruhigt wissen.

Pikopiko hob seinen Blick und er musterte die drei Menschen, als sähe er sie in diesem Augenblick zum ersten Mal.

»Im Gegenteil«, antwortete er schließlich auf die Frage der rothaarigen New Yorkerin. »Es stimmt viel zu viel ... ich lese hier eine biologische Übereinstimmung ab, die schlichtweg unmöglich ist!«

»Eine biologische Übereinstimmung?« Mike verstand nicht, worauf der violette Hüne hinaus wollte.

»Eine biologische Übereinstimmung des Genpools«, erläuterte Pikopiko sanft. »Es besteht eine Übereinstimmung von über 90 % zwischen euren Gen-Daten und denen meiner Rasse! Das ist eigentlich eine Unmöglichkeit. Obwohl ... ihr ähnelt ein wenig den Tallwen, die eine vergleichbare unerklärliche Kompatibilität zu uns aufweisen.«

Die lila Riese hefte den Blick seiner Kreuzschlitzpupillen auf Taylor und schenkte ihm einen langen, versonnenen Blick.

»Wäre ich in meiner reproduktiven Phase gewesen, hättest du in den vergangenen Stunden ein Kind mit mir zeugen können!«

Taylor wurde blass und stieß ein tonloses Ächzen aus, als er realisierte, was der Fremde gerade zu ihm gesagt hatte.

»Aber ... du bist doch ein Mann!?«, entfuhr es dafür Mike Iron entgeistert.

»Ein Hlax, um genau zu sein«, korrigierte ihn Pikopiko und wendete seinen Blick dem schwarzhaarigen Bodyguard zu. »Wir Hlax sind eingeschlechtlich.«

Mike Iron blinzelte indigniert, als ihm der Hlax dies mitteilte.

»Wie kann das sein, dass wir und du das gleiche Genmaterial besitzen?«, hakte er deshalb noch einmal nach.

Pikopiko zuckte in menschlicher Manier mit seinen Schultern.

»Wenn ich das wüsste ...«, gestand er ein, und es klang etwas ratlos. »Wir Hlax sind ein Volk ohne Planet, entstanden aus einem genetischen Zuchtprogramm, mit denen die Herrscher dieses Sternenreiches die perfekte Kriegerrasse erschaffen wollten!« Er lachte böse.

»Aber so ganz hat das nicht geklappt. Wir Hlax sind zu einem ziemlich eigenwilligen Schlag geraten, der sich nicht so gerne unterordnet, Autoritäten wenig Respekt gegenüber bringt. Ungeeignet für militärische Strukturen. Also hat man uns auf viele Welten des gesamten Quintariums verteilt und uns meist niederen Arbeiten zugewiesen. Eine Rasse ohne Heimat. Und woher das Genmaterial stammte, das ursprünglich für die Zuchtversuche verwendet wurde, ist bis heute ein gut gehütetes Geheimnis der Quintaten von Rhog-Than!«

Erneut ließ der violette Wächter den Blick seiner bernsteingelben Augen über die drei Anwesenden, jetzt völlig perplexen und überraschten Menschen wandern.

»Und nach tausenden von Jahren tauchen plötzlich drei fremde Wesen auf, und sie bergen eine der wenigen Spuren, die es je zum Ursprung meiner Rasse gegeben hat!«

»Aber du erwähntest do noch ein anderes Volk, mit einem ähnlich übereinstimmenden Genpool«, wandte Taylor ein. »Wie hießen die gleich noch? Ta ...?«

»Tallwen«, vervollständigte der Hlax. »Aber wer dieses Volk kennt, kann sich kaum vorstellen, dass wir Hlax aus deren Genen geklont wurden. Wahrscheinlicher ist, dass beide Völker irgendwo gemeinsame Wurzeln haben.«

Er ließ sich mit lautem Plumpsen auf einen der niederen Lederhocker fallen. Dann griff er sich einen Becher und die bauchige Flasche, goss sich ein und trank den Inhalt des Bechers dann in einem Zug aus.

»Sagt mir, warum haben euch die Gardedrohnen festgesetzt?«, wollte er dann von den Freunden wissen.

»Ach, so heißen diese fiesen Flugkugeln? Wir hatten eigentlich gehofft, von dir zu erfahren, warum uns die Gardedrohnen betäubt und hier abgeliefert haben«, entgegnete ihm Taylor, immer noch fast überwältigt von den Offenbarungen der letzten Minuten. »Was immer ›Gardedrohnen‹ auch sein mögen!«, fügte er dann noch unsicher und ein wenig leiser hinzu.

»Das sind autarke robotische Einheiten, die zum Fundus der Quintarischen Garde gehören«, erklärte Pikopiko. »Die sind hier aufgetaucht und hatten euch Drei in Fesselfeldern und bewusstlos im Schlepp. Man teilte mir mit, dass ich auf euch aufzupassen hätte, bis euch eine Transporteinheit der Garde einsammelt und zu Quin-Regulator Uisuu im Gardehort auf dem Kontinent Brasur bringen würde. Es ist nur merkwürdig, dass es sich um uralte Drohnenmodelle handelt, wie es mir jetzt im Nachhinein auffällt.«

Der Hlax hielt kurz inne, um seine unfreiwilligen Gäste zu beobachten. Einmal mehr hatte er den Eindruck, dass diese nicht im Geringsten wussten, wovon er eigentlich redete. Pikopiko schüttelte seinen massigen Kopf.

»Ihr seid ja tatsächlich unwissender als ein Schuling vor der ersten Unterweisung!«, seufzte er und schüttelte sein mächtiges Haupt. »Es ist mir ein Rätsel, wie ihr in ein Raumschiff gelangen konntet, dass euch hierher nach Oswahaal ins Bolsa-Bol-System gebracht hat! Selbst geflogen könnt ihr es bestimmt nicht haben!«

»Raumschiff?«, echote Taylor, und nun war er es, der sich am Hinterkopf kratzte.

»Ja, Raumschiff!«, sagte Pikopiko und wirkte dabei etwas genervt. Erneut griff er sich die bauchige Flasche, um seinen Becher ein zweites Mal zu füllen.

»Wir sind aber nicht mit einem Raumschiff hierher gekommen!«, erklärte Taylor dem perplexen Wächter.

»Wir alle drei sind noch nie im Leben an Bord irgendeines Raumschiffes gewesen!«, fügte Sheila ergänzend hinzu.

»Aber irgendwie müsst ihr doch auf diesen Planeten gelangt sein?«, hakte der Hlax beharrlich nach.

»Ja, schon .... doch das ›wie‹ wüssten wir auch ganz gerne!«, meinte Mike verdrossen. »Wir sind auf unserer Welt in einem verborgenen Tal durch ein seltsames Steintor gegangen, und Puff! ...«

»… tauchten wir hier auf ... wie nanntest du den Planeten noch gleich? ...auf Oswahaal auf«, vervollständigte Taylor Mikes kurze Erklärung.

Pikopiko verharrte mitten in seinen Bewegungen und starrte die drei Menschen aus großen Augen an.

»Ein … ein Steintor, sagtet Ihr?«, fragte er dann zögernd.

»Ja!«, bestätige Taylor. »Dort, wo wir herkamen, handelte es sich um ein einziges, steinernes Tor, in einem von dichtem Nebel angefüllten Gebirgstal. Hier sind wir in einem größeren Tor herausgekommen, inmitten einer ganzen Steinkreisanlage. Die stand wiederum auf einer Insel, mitten in einem See. Und der lag in einem riesigen Tal, umgeben von hohen Tafelbergen. Zurück konnten wir nicht, denn das Tor ließ uns nicht mehr durch.«

Klirr!

Mit lautem Geschepper und Gesplittere war die bauchige Flasche der riesigen Hand des Wächters entglitten und zu Boden gekracht. Pikopiko stieß ein mühsames Ächzen aus und stierte die Freunde dabei absolut fassungslos an.

»Was ist mit dir?«, erkundigte sich Sheila besorgt bei ihm.

»Die Insel Kardar im See Edral!«, stieß der violette Hüne aufgeregt hervor. »Das Tor von Anklamurie … ihr seid durch das Tor von Anklamurie gekommen?!?«

»Das Tor von Anklamurie?«, fragte Taylor, zunächst verständnislos. Doch dann hellte sich sein Gesicht auf. »Verdammt, ja! In unserer Karte war tatsächlich von etwas die Rede, was die Bezeichnung ›Tor von Anklamurie‹ trug. Jetzt fällt es mir wieder ein!«

Pikopiko raufte sich die grellroten Haarstränge, während er aufsprang und wie von Ameisen gebissen in seinem Wohnraum auf und ab rannte.

»Jetzt wird mir so einiges klar!«, rief er dabei aus. »Das Tor von Anklamurie! Deswegen haben euch die Gardedrohnen festgesetzt. Deswegen sollt ihr zum Quin-Regulator in den Gardehort gebracht werden!«

Dann wendete er sich den drei Menschen zu. In seinem exotischen Gesicht stand grimmige Entschlossenheit zu lesen.

»Schnell jetzt!«, stieß er hastig hervor. »Eilt euch! Wir müssen euch einkleiden, ein paar Sachen zusammenpacken und dann zusehen, dass wir so schnell wie

möglich von hier verschwinden!«
Die drei Abenteurer warfen sich gegenseitig überraschte Blicke zu.
»Ja … ist gut …«, antwortete Taylor zurückhaltend, während er und seine beiden Freunde sich langsam erhoben. »Wir haben bestimmt nichts dagegen, aus dieser Wachstation fort zu kommen. Aber warum müssen wir so Knall auf Fall verschwinden?«, fragte er dann doch nach. »Verstehe uns bitte nicht falsch. Es ist keinesfalls so, dass ich dieser komischen Garde in die Hände fallen will, aber auf meinem Planeten ist es üblich, den Grund zu erfahren, bevor man eine Flucht ins Ungewisse antritt.«
»Dazu ist keine Zeit!«, winkte Pikopiko nervös ab. »Ich werde euch später erklären, warum ihr auf keinen Fall in die Hände des Quintariums fallen dürft. Nur so viel: es gibt da eine alte Prophezeiung aus den letzten Tagen der gütigen Herren von Malsamom. Und die hat mit den Sternentoren zu tun. Und nun rasch, zieht euch an! Hier, da drin findet ihr passende Bekleidung!«
Er öffnete eine niedrige Truhe und entnahm ihr einige Kleidungsstücke, die er den drei Menschen zuwarf. Es handelte sich dabei um Unterwäsche aus einem baumwollähnlichen Stoff, und weit geschnittene, dunkelgrüne und grob gewebte Hosen mit einem Webgürtel. Außerdem noch Stiefel aus rötlich glänzendem, sehr weichem und anschmiegsamem Leder, sowie eine weite Jacke, die aussah, als wäre sie aus Sackleinen gewebt. Dazu eine Kopfbedeckung, die man am ehesten mit einem umgekehrten, altertümlichen Nachttopf vergleichen konnte.
»Ich komme mir vor wie eine Vogelscheuche!«, maulte Sheila, während sie sich ankleidete.
»Du wirst wohl kaum zu einem Schönheitswettbewerb antreten müssen«, meinte Taylor und verzog sein Gesicht zu einer »Oh-je-Frauen-und-Mode«- Miene. »Stell dir einfach vor, das hier ist eine dieser seltsamen Haute Couture- Kreationen der Pariser Modefritzen«, schlug er vor. »Da laufen die Modells meist in noch viel schrägeren Outfits über den Laufsteg!«
»Auch wieder wahr.«
Während Mike, Taylor und Sheila sich rasch ankleideten, raste Pikopiko wie ein Wirbelwind durch die Wachstation. Er packte Ausrüstung, Nahrung, Getränke und alles, was er noch für wichtig erachtete, in vier Rucksäcken nicht unähnlichen Gebilden. Außerdem beschäftigte er sich noch kurz mit seinem Computerterminal. Dann riss er die Tür zu dem Wohnraum mit den drei Abenteurern darin auf.
»Seid ihr fertig?«, erkundigte er sich ungeduldig.
Die drei schauten sich kurz vielsagend in die Augen, wobei sie sich gegenseitig anmerkten, dass die große Eile, die der Hlax an den Tag legte, ihnen angst zu machen begann. So langsam konnten sie sich vorstellen, was es hieße, dieser

ominösen Quintarischen Garde in die Hände zu fallen. Zu all den Aufregungen der letzten Stunden und der Tatsache, dass sie sich nicht mehr auf der Erde befanden, gesellte sich nun auch noch die nackte Angst um ihr Leben.

»Wir sind fertig!«

Taylor folgte dem Hlax aus dem Wohnraum, Mike und Sheila folgten ihm dicht auf. Pikopiko führte sie auf den Gang hinaus zu einer Tür, die sich zwischen dem Küchen- und Schlafbereich befand, wie Taylor aus den vergangenen Stunden her wusste.

Wie sich herausstellte, befand sich dahinter eine Art Garage, in der ein für die Menschen mehr als seltsam anmutendes Gefährt stand. Es sah aus wie ein etwas zu groß geratenes Ruderboot mit vier kleinen Stummelbeinen als Stützen.

Um den Rumpf des gut fünf Meter langen, und an der dicksten Stelle drei Meter breiten Fahrzeuges herum, verlief ein kleiner, auffällig blau gefärbter Wulst. An der Seite des ihnen bis knapp unter die Brust reichenden Fahrzeugs gab es eine kleine Tür, die Pikopiko ihnen nun öffnete.

Die drei Freunde und der Hlax stiegen ein. Der Wächter verstaute ihr Gepäck in Staufächern an den Innenseiten des Fahrzeuges. Dann kletterte er auf eine Art Schalensitz im Bug, was ohne Zweifel den Fahrersitz darstellte. Mike, Sheila und Taylor nahmen derweil auf dreien von insgesamt neun Sitzen, die in drei Reihen zu jeweils drei Sitzschalen angeordnet waren, Platz.

Allerdings fragten sie sich ernsthaft, wie sich das komische Gefährt, von Pikopiko als »Schnellser« bezeichnet, ohne Räder oder erkennbaren Antrieb von der Stelle bewegen sollte. Ihr Fahrer schien jedoch keine Zweifel zu haben, dass dies gelingen würde.

Er betätigte einen Druckknopf, und unter ihren Füßen erklang das zuerst laute, dann immer leiser werdende Geräusch eines Aggregates. Gleich darauf ging ein kaum merklicher Ruck durch das »Ruderboot«. Fast gleichzeitig machte es leise »Plopp« und ein kaum wahrnehmbares, gelbliches Schimmern spannte sich wie eine ovale Kuppel über den offenen Bereich des Fahrzeuges. Taylor vermutete sofort, dass es sich dabei wohl um eine Art Kraftfeld handeln musste. Die drei New Yorker verzichteten allerdings freiwillig darauf, dies durch probeweises Berühren zu testen.

Vor dem Bug klappten nun die zwei Hälften eines Tores zur Seite und gaben den Blick auf die nachtdunkle Landschaft des Planeten Oswahaal frei. Pikopiko nahm einige Schaltungen vor, und leise summend hob das Gefährt vom Boden ab. Überrascht schauten sich die Freunde an.

»Ein Schweber!«, staunte Mike mit großen Augen. »Wie die Dinger aus Star Wars, mit denen dieser Luke durch die Wüste gesaust ist!«

»Nur, dass es sich dabei um einen Filmtrick handelt!«, meinte Sheila bedrückt.
»Und ich würde mir nichts sehnlicher wünschen, als das alles hier auch nur ein Filmtrick ist!«, fügte sie leise hinzu. »Und gleich geht das Licht an, die Vorstellung ist aus, und wir können nach Hause gehen!«
»Ich kann dir nur beipflichten!«, sagte Taylor mitfühlend zu seiner langjährigen Freundin. »Aber das ist kein Traum und kein Film, das ist bittere Wirklichkeit!«
Er lachte kurz auf, doch es war kein fröhliches Lachen.
»Und diese Wirklichkeit macht mir eine Scheißangst!«
Mike seufzte vernehmlich.
»Dass du mal zugibst, dass du Angst hast!«, sagte er und versuchte ein schiefes Lächeln. »Das hättest du auf der Erde tun können. Dafür hätten wir nicht extra auf einen fremden Planeten reisen müssen!«
Dann verstummte er, denn der seltsame Schweber glitt langsam aus der Garage hinaus und verschwand rasch schneller werdend in der Dunkelheit von Oswahaal.
Was lag vor Ihnen, vor den drei Abenteurern aus New York? Weder Taylor, noch Sheila oder Mike hatten darauf eine Antwort. Zumindest schienen sie in Pikopiko einen ersten, wohlmeinenden Freund in dieser unglaublich fremden Umgebung gefunden zu haben.
Und das gab ihnen in dieser Leere aus Angst und Unsicherheit ein klein wenig Zuversicht zurück, den dringend benötigten Halt, um nicht vor Furcht und Ungewissheit wahnsinnig zu werden. Denn eines war ihnen allen mit tödlicher Grausamkeit in den vergangenen Stunden bewusst geworden:
Sie hatten soeben damit begonnen, unter fremder Sonne um ihre Freiheit, um ihr Leben, ja, ihr Überleben in der Fremde zu kämpfen.

Nebelmond

...unter fernen Sonnen

Science Fiction Abenteuer von W. Berner

Und so geht es weiter:

Der Milliardär Taylor M. Harris, sein Freund und ehemaliger Lebensgefährte Mike Iron und deren gemeinsame Freundin Sheila Armstrong wissen kaum, wie ihnen geschieht:

Kaum sind sie auf bisher unbekannte Art und Weise von der Erde auf den Planeten Oswahaal gelangt, befinden sie sich auch schon auf der Flucht!

Sie fliehen vor der Quintarischen Garde, den Schergen der hier herrschenden Mächte. Obwohl ihnen die Hintergründe noch verborgen sind, vertrauen sie ihr Leben dem Hlax Pikopiko an, einem violettfarbenen, muskelbepackten Hünen. Er macht den drei Abenteurern unmissverständlich klar, dass es besser ist, dieser quintarischen Garde nicht in die Hände zu fallen.

Doch wie sollen drei Fremde auf einer fremden Welt erfolgreich vor einem gigantischen Militärapparat fliehen?

Zum Glück erweist sich nicht nur Pikopiko als Freund. Auch die einheimischen Orrwen, dem heimlichen Widerstand gegen das Quintarium von Rhog-Than angehörend, schlagen sich auf die Seite der Erdmenschen, die nach und nach auch mehr über die Hintergründe erfahren, die zu ihrer Flucht führten.

Man beschließt, dass es das Beste sei, den Planeten zu verlassen und woanders um Rat und Hilfe nachzufragen. Doch bevor das gelingt, führt sie ihre **»Flucht durch Aliron«**

Bereits als Roman in der Reihe »XUN präsentiert« im Buchhandel erhältlich

XUN präsentiert:
»Drachen, Schwerter, Elfenglanz«
Anthologie
Mai 2016

Mit fantastischen Geschichten von:

A.T. Legrand, Michaela Meyer, Lea Giegerich
Sonja Flader, Thomas Wohlfeil, Thomas Reeh
Detlef Klewer, Franziska Meersburg
Anke Höhl-Kayser ‚Sophie Jürges

140 Seiten Umfang, broschierter Einband
€ 5,99
ISBN: 978-3842-3567-71
BoD-Verlag Norderstedt
Bestellung@fantastischegeschichten.de

Crystal
geboren aus Dunkel und Licht
A. T. Legrand
Todesangst in der Berrymoore Street

»TERRA FUTURA _ TESECO im Einsatz«
Band 5
»Testflug zum Deneb«

SF-Romanserie von W. Berner

Ebook
244 Seiten Umfang
Formate: Kindle – PDF – epub - mobi
€ 2,60

Titelbild: Stefan Böttcher
Redaktionelle Mitarbeit: Monika Böttcher

Bestellung@fantastischegeschichten.de